中国散文 60 强

我有一个奇迹

冯骥才 / 著

北京联合出版公司
Beijing United Publishing Co.,Ltd.

图书在版编目（CIP）数据

我有一个奇迹 / 冯骥才著. -- 北京 ： 北京联合出
版公司，2024. 8. --（中国散文60强）. -- ISBN 978
-7-5596-7788-4

Ⅰ. I267

中国国家版本馆CIP数据核字第2024HV1934号

我有一个奇迹

作　　者：冯骥才
出 品 人：赵红仕
出版监制：张晓冬
责任编辑：徐　樟
特约编辑：和庚方　张　颖
封面设计：立丰天

北京联合出版公司出版

（北京市西城区德外大街83号楼9层　100088）

三河市同力彩印有限公司印刷　新华书店经销

字数150千字　650毫米×920毫米　1/16　14印张

2024年8月第1版　2024年8月第1次印刷

ISBN 978-7-5596-7788-4

定价：65.00元

"中国散文 60 强"丛书

编委会

丛书总策划

> 张　明　著名出版人

编委主任

> 邱华栋　全国政协常委
>
> 　　　　中国作家协会副主席、书记处书记

编　委

> 叶　梅　中国散文学会会长
>
> 陆春祥　中国散文学会副会长
>
> 冯秋子　中国作家协会原社联部副主任
>
> 吴佳骏　《红岩》编辑部主任
>
> 张　英　资深媒体人
>
> 文　欢　作家、资深编辑

中华散文的文脉与发展

——"中国散文 60 强"总序

邱华栋

中国是诗的国度，亦是散文的国度。

穿越千年时空，从明清至唐宋，再由魏晋南北朝至两汉先秦一路回溯，汉语言文学中的散文实乃根深叶茂，硕果累累。无论是"唐宋八大家"之雄文美文，还是骈俪多姿的辞赋，以及名垂史册的《史记》《左传》，均为中国文学史上的璀璨明珠。"散文"与"诗"一道，成为中国文学的"嫡系"。尽管，后来从西方引进嫁接技术所催生的"小说"，大有"喧宾夺主"之势，终究还得"认祖归宗"，血脉和基因是无法改变的。

在中国散文流变历程中，曾出现过两次鼎盛期。一次是被文学史家所公认的"先秦散文"时期。其时，伴随着春秋时期的思想解放，诸子蜂起，百家争鸣，一大批散文家以饱满的气血、驳杂的学识和破茧的精神，创造出了散文的繁荣和辉煌局面，对后世产生了极大的影响。

到了"五四"时期，中国散文迎来了第二次鼎盛期。白话文如劲风激浪，吹刮和涤荡着神州大地。沉睡的雄狮醒来了，偃卧的小草开始歌唱。许多学贯中西的进步文人，肩扛文化变革的大纛，冲锋陷阵，掀起了一波又一波的新文学浪潮。《新青年》上刊载的散文，犹如一束束亮光，不但给人以希望，还给人以力量。"五四"以来的散文作品，无论是观念和主题，还是形式和风格，都跟以往的散文迥然不同。最具代表性的，当属鲁迅先生的散文（包括杂文），其刚健、凌厉的文质，疗救了中国散文长久以来颓靡不振、钙质疏流的顽疾。此外，周作人、郁达夫、朱自清、萧红、沈从文等一大批作家的散文创作亦各具特色，呈一时之盛，影响深远。

时代的前行催生了文学的发展，然而文学与时代有时并不同步甚至充满了"张力场"。"五四"的个性解放虽然催生了一批个性鲜明的散文精品，但这样的生态并未持续多久，中国散文的波峰出现了向低谷滑行的趋势。有论者指出，"散文在50年代既是对解放区散文文体意识的放大，又是对五四散文文体精神的进一步偏离。这种放大和偏离表现在个体性情的抒发让位于时代共性或者时代精神的谱写，政治标准优先于艺术标准，批判性为歌颂性所取代等诸方面。"（董健、丁帆、王彬彬《中国当代文学史新稿》）1960年代初，散文创作一度出现了活跃，"专业"从事散文创作的作家群凸显出来，刘白羽、杨朔、秦牧相继登场，迅速成为散文界的三位名家。但他们的作品后人评价褒贬不一，认为其中颂歌式的写法较为单向，这种模式化的写作，不但对散文的建设毫无益处，反而扼杀了散文的个性和神采。

"文革"十年，中国散文更是一片凋零和荒芜，乏善可陈。1970年代末，一些历经浩劫的作家开始复血，解除思想枷锁，重新拿起笔来写作，中国散文才又凤凰涅槃，焕发生机。加之各种文学刊物纷纷复刊和创刊，以及大量西方文化读物的译介出版，更为这些饥渴、桎梏太久的散文作者提供了登台亮相的舞台和瞭望世界的窗口。

1980年代初期，伴随改革开放的热潮，思想解放大旗招展，文化随之繁荣，诸多承续"五四"精神的作家以笔为旗，抒发胸中压抑既久之块垒，出现了一批抒情性质浓郁的散文，使得现代散文这块"百花园"芳菲争艳，蔚为大观。特别是1980年代中期，随着作家主体意识的不断强化，中国文学开始呈现出一个崭新局面，作家从"集体意识"中抽身而出，重新返回"个体"，注重对生活的体察和内在情感的表达。这一时期，散文的艺术性得以强化，文本的精神内涵和表现空间得以拓展。

进入 1990 年代，社会发展日新月异，城镇化进程锐不可当，文化领域亦呈多元格局。各种文学思潮相互碰撞，人文精神的讨论更是打开了作家们的创作思路。"大散文"概念的提出，引发了散文界对散文的内涵和外延的重新讨论和界定。风靡一时的"文化散文"热，成为文坛上一道靓丽的风景。"新散文""原散文""后散文""在场散文"等散文流派"你方唱罢我登场"，争奇斗艳，各领风骚。

及至二十世纪末，一批深具先锋意识和文体自觉的新锐作家，像一头公牛闯入瓷器店，使散文天地发生了激烈的碰撞和变化，形成一股新的散文潮流，提升了散文的审美品质和精神向度。

纵观 1978 年至 2023 年四十多年来，中华大地在"改开"的黄金时代中，社会生活奔涌激荡，各种思潮风起云涌，散文创作更是云蒸霞蔚、气象万千，涌现了众多成就斐然、风格各异的散文作家和具有思想深度、艺术上乘的散文作品。岁月的流水冲走了枯枝败叶和闲花野草，中流砥柱却巍然屹立。时间留住了新时代的散文经典，经典在时间的长河中绽放光芒。以沙里淘金的经典散文向"改开"的时代致敬，是我们不可推卸的责任和义务。

别看散文的门槛貌似很低，要真正写好，却实属不易。优质散文是有难度的写作，它不但需要作者的智识、胸襟、眼界、修养和气度格局；更需要写作者的态度、立场、慈悲、良知和批判勇气。遗憾的是，散文创作繁荣和光鲜的另一面，却是大量平庸甚至低劣之作的泛滥，不但败坏了读者的胃口，而且造成了物质和精神的极大浪费。散文作家层出不穷，散文作品汗牛充栋，可真正能让人记住的散文佳构却凤毛麟角。

散文要发展，文学要前行。发展和前行就要从平庸的樊篱中突围。在突围的过程中，散文作家不可太"聪明"，不可太世故，要永存对文学的敬畏之心。一言以蔽之，散文的尊严来自散文作家的尊严。也可以说，要想散文繁荣，首先需要有一批人格健全，品德高尚，铁肩担道义的散文作家。什么样的人写什么样的文章。特别是写散文，最容易看出一个作家的内在品质和境界涵养。一个人格不健全的人，哪怕他作文的技法再高妙，也很难写出撼人心魄、抚慰灵魂的散文来。作家精神品质的高低，直接决定其作品的精神向度。

为了散文写作的突围和发展，为了建设独具特质的当代散文，也是为了更好地从经典散文中汲取营养，我认为有必要正视和重申一些常识性的思考。高头讲章的理论是灰色的，常识之树却葳蕤常青。

一、作家的个体精神决定散文的优劣。常言道，散文易学而难攻。难在什么地方，不是难在技巧，而是难在作家个体精神的淬炼上。倘若作家的个体精神不够丰富，不够深刻，不够清澈，纵使他手里握着一支生花妙笔，也写不出令人称赞的散文。那么，如何才能做到个体精神的丰富性呢，这就要求作家时时刻刻不背离生活，要知人情冷暖，体察人间百态，关心民瘼，有忧患意识，不要做生存的旁观者。一个冷漠甚至冷酷的人，是不适合从事散文创作的。

二、真诚是确保散文品质的基石。散文创作跟作家的生存经验息息相关，可以说，真正优质的散文，无不牵连着作家的血肉和心性。作家的喜怒哀乐，悲欢离合，都或隐或显地暗含在他的作品中。假如在一篇散文作品中，读者既看不到作者的体温，又看不到作者的态度，那这篇作品或许就是失败的。说明这个作者在他的作品中"说谎"或"造假"，缺乏真诚之心。作家一旦失去真诚，为文必定矫揉造作，作品也必定会失去生命力。因此，真诚是散文的"生命线"，也是"底线"。

三、个性是促进散文生长的养料。人无个性便无趣，文无个性便平质。当下，每年都会诞生数以万计的散文篇章，但能够让人记住，且读后还想读的作品并不多，何故？概在于这些数量庞大的散文，无论题材，还是语感都千篇一律，像是从"模具"中生产出来的，缺乏辨识度。散文要发展，必须要求作家具有"个性意识"。"个性意识"不是标新立异，更不是哗众取宠，而是一种"创新意识"和"审美意识"。但凡在散文创作方面被公认的那些大家，都是"文体家"，他们以自觉的写作实践，开创了散文写作的新路径。不合流俗方能独步致远，推动散文的建设和繁荣。

当然，以上几点并非创作散文的圭臬，谁也没有资格去为散文"立法"。

散文是自由的创造，散文精神即自由精神。我之所以提出来，仅仅是希望引起散文同行们的重视和参考，共同为中国当代散文的发展尽力增光。

我们策划、编选"中国散文60强"（1978—2023）的初衷，旨在对新时期以来的中国散文创作作出梳理、评价和选择，试图精选出风格各异的代表性散文作家，以每位一部单行本的形式，呈现出中国新时期优质散文的大体样貌。此项目的发起人为资深出版人张明先生。多年来，他一直追求做高品位的纯文学书籍，也曾连续多年与中国散文学会、中国小说学会合作，出版年度《中国散文排行榜》和年度《中国小说排行榜》。2023年他策划出版了《中国小说100强》，反响不俗。身处喧嚣、纷杂的环境，能以如此情怀和心力来为文学做如此浩大的工程，不能不令人钦佩！

感谢张明先生邀请我和叶梅、冯秋子、陆春祥、吴佳骏、张英、文欢组成编委会，共同遴选出60位作家。我们在召开筹备会的时候，即将作品的思想性、艺术性、代表性以及影响力作为编选的基本原则。在确定入选作家名单时，我们认真商讨，反复研究，生怕因为各自的眼力、审美和趣味之别，造成遗珠之憾。好在我们的工作得到了作家们的积极回应和鼎力支持，惠风和畅，大地丰饶。

60位入选的作家，既有令人尊敬的文学大家，如孙犁、张中行、汪曾祺、史铁生、邵燕祥、流沙河、刘烨园、宗璞、贾平凹、韩少功、张炜、梁晓声、阿来、冯骥才等。这批散文大家的作品，文风质朴、清朗、刚健，充满了"智性"和"诗性"。无论他们是写怀人之作，还是针砭时弊，歌咏风物，都有着鲜明的文化立场和审美取向。他们或出入历史，借古观今；或提炼人生，洞明世事，输送给读者的都是难能可贵的"精神营养"。

也有被散文界公认的名家，如李敬泽、王充闾、马丽华、周涛、冯秋子、叶梅、筱敏、张锐锋、周晓枫、于坚、鲍尔吉·原野等。这些作家的散文作品，特色鲜明，风格独特，诚挚内敛，从内容到形式，都作出了各自的探索和尝试，为当代散文注入了活力。从他们的作品中，我们不但能够领略汉语之美，更可以借此反观生活与存在，寻找人之为人的价值和尊严。

还有散文界的中坚力量和青年才俊，如彭程、谢宗玉、江子、雷平阳、任林举、塞壬、沈念、傅菲、吴佳骏、周华诚等。从他们的作品中，我们见到的，不只是中国散文的文脉传承，更是自由精神的张扬。他们文心雅正，笔力锋锐，不跟风，不盲从，始终保持着独立的思索和判断，在各自所开辟的散文园地中精耕细作，以崭新的姿态参与和推动当代散文的变革。

其实，细心的读者不难发现，入选本丛书的老、中、青三代作家都有个共性，即他们均在以自己的作品审视心灵，心系苍生，弘扬真善美，鞭挞假恶丑，充满了正义感和人道主义精神。这自然与时下众多书写风花雪月，一己悲欢，充塞小情趣、小可爱的散文区别开来。正是因为有他们的存在，中国当代散文才呈现出一幅绚丽多姿的长卷。

需要说明的是，有些重要的散文家，如张承志、余秋雨、王小波、苇岸、刘亮程、李娟等人，由于版权或其他不可抗原因，未能将他们的作品收录进来，我们深以为憾。

我们还要感谢北京立丰天文化传播有限公司的资金支持，感谢北京联合出版公司的精心编校，他们慷慨和无私的义举，对于繁荣中国当代散文创作、对于赓续中华优秀散文文脉、对于中国新时期的文化积累，均具重大价值和意义，可谓善莫大焉。这套丛书的出版意义将同《中国小说100强》一样，旨在给读者以经典的指引，这既是一项重要的原创文学工程，同时也是助力推动全民阅读和研究传播文化的公益工程。

郁郁乎文哉，中国散文有幸！

是为序。

2024 年 5 月 12 日星期日

（作者为全国政协常委，中国作协副主席、书记处书记）

目　录
Contents

第一辑

第七辑

第一辑

珍珠鸟

真好！朋友送我一对珍珠鸟。放在一个简易的竹条编成的笼子里，笼内还有一卷干草，那是小鸟舒适又温暖的巢。

有人说，这是一种怕人的鸟。

我把它挂在窗前。那儿还有一盆异常茂盛的法国吊兰。我便用吊兰长长的、串生着小绿叶的垂蔓蒙盖在鸟笼上，它们就像躲进深幽的丛林一样安全；从中传出的笛儿般又细又亮的叫声，也就格外轻松自在了。

阳光从窗外射入，透过这里，吊兰那些无数指甲状的小叶，一半成了黑影，一半被照透，如同碧玉；斑斑驳驳，生意葱茏。小鸟的影子就在这中间隐约闪动，看不完整，有时连笼子也看不出，却见它们可爱的鲜红小嘴儿从绿叶中伸出来。

我很少扒开叶蔓瞧它们，它们便渐渐敢伸出小脑袋瞅瞅我。我们就这样一点点熟悉了。

三个月后，那一团愈发繁茂的绿蔓里边，发出一种尖细又娇嫩的鸣叫。我猜到，是它们有了雏儿。我呢，绝不掀开叶片往里看，连添食加水时也不睁大好奇的眼去惊动它们。过不多久，忽然有一个小脑袋从叶间探出来。更小哟，雏儿！正是这个小家伙！

它小，就能轻易地由疏格的笼子钻出身。瞧，多么像它的母亲：红嘴红脚，灰蓝色的毛，只是后背还没有生出珍珠似的圆圆的白点；它好肥，整个身子好像一个蓬松的球儿。

起先，这小家伙只在笼子四周活动，随后就在屋里飞来飞去，一会儿落在柜顶上，一会儿神气十足地站在书架上，啄着书背上那些大文豪的名字；一会儿把灯绳撞得来回摇动，跟着跳到画框上去了。只要大鸟在笼里生气地叫一声，它就立即飞回笼里去。

我不管它。这样久了，打开窗子，它最多只在窗框上站一会儿，绝不飞出去。

渐渐它胆子大了，就落在我书桌上。

它先是离我较远，见我不去伤害它，便一点点挨近，然后蹦到我的杯子上，俯下头来喝茶，再偏过脸瞧瞧我的反应。我只是微微一笑，依旧写东西，它就放开胆子跑到稿纸上，绕着我的笔尖蹦来蹦去；跳动的小红爪子在纸上发出嚓嚓响。

我不动声色地写，默默享受着这小家伙亲近的情意。这样，它完全放心了。索性用那涂了蜡似的、角质的小红嘴，"嗒嗒"啄着我颤动的笔尖。我用手抚一抚它细腻的绒毛，它也不怕，反而友好地啄两下我的手指。

有一次，它居然跳进我的空茶杯里，隔着透明光亮的玻璃瞅我。它不怕我突然把杯口捂住。是的，我不会。

白天，它这样淘气地陪伴我；天色入暮，它就在父母的再三呼唤声中，飞向笼子，扭动滚圆的身子，挤开那些绿叶钻进去。

有一天，我伏案写作时，它居然落到我的肩上。我手中的笔不觉停了，生怕惊跑它。待一会儿，扭头看，这小家伙竟趴在我的肩头睡着了，银灰色的眼睑盖住眸子，小红脚刚好给胸脯上长长的绒毛盖住。我轻轻抬一抬肩，它没醒，睡得好熟！还咂咂嘴，难道在做梦！

我笔尖一动，流泻下一时的感受：

信赖，往往创造出美好的境界。

1984 年 1 月　天津

挑山工

一

你见过泰山的挑山工吗？这是种很奇特的人！

不知别处对这种运货上山的民夫怎样称呼。这儿习惯叫作挑山工。单从"挑山"二字，就可以体会出这种工作非凡的艰辛。肩挑着百十斤的重物，从山下直挑到烟云缭绕、鸟儿都难飞得上去的山顶，谁敢一试？更何况，这被誉为"五岳之首"的泰山，自有其巍巍而不可征服的威势。从山根直至极顶处，一条道儿，全是高高的石头台阶，简直就是一架直上直下的万丈天梯。在通向南天门的十八盘道上，那些游山来的健壮的男儿，也不免气喘吁吁；一般人更是精疲力竭，抓着道旁的铁栏，把身子一点点往上移。每爬上十来磴台阶，就要停下来歇一歇。只有这时，你碰到一个挑山工——他给重重的挑儿压塌了腰，汗水湿透衣衫，两条腿上的肌条筋缕都清晰地凸现在外，默不作声，一步一步，吃力又坚韧地走过你身旁，登了上去。你那才算是约略知道"挑山"二字的滋味……

挑山工，大概自古就有。山头那些千年古刹所用的一切建筑材料，都是从山下运上来的。你瞧着这些构造宏伟的古建筑上巨大的梁柱础石、沉重的铜砖铁瓦，再低头俯望一条灰白的山路，如同一根细绳，蜿蜒曲折，没入茫茫的谷底。你就会联想到，当年为了建造这些庙宇寺观，为了这壮观的美，挑山工们付出了怎样艰巨和惊人的劳动！

我少时来游泰山，山顶上还有三四十户人家，家中的男人大多是挑山工，给山上的国营招待所运送食品货物以为生计。清早，他们拿了扁担绳索，带着晨风晓露下山去，后晌随着一片暮云夕阳，把货物挑上山来。星光烁烁时，家家都开夜店，留宿在山头住一夜而打算转天早起观瞻日出的游人，收费却比国营招待所低廉。他们的屋子是石头垒的。山上风大，小屋都横竖卧在山道两旁的凹处，屋顶与道面一般平。屋里边简陋得几乎什么也没有，用来招待客人的，只有一条脏被和热开水。为了招待主顾，各家门首还挂着一个小幌牌，写着店名。有的叫"棒棰店"，就在木牌两边挂一对小木棒棰；有的叫"勺儿店"，便挂一对乌黑的小生铁勺儿；下边拴些红布穗子，随风摇摆，叮当轻响。不过，你在这店里睡不好觉。劳累了一天的挑山工和客人们睡在一张炕上。他们要整整打上一夜松涛般呼呼作响的鼾声……

在这些小石屋中间，摆着一件非常稀罕的东西。远看一人多高，颜色发黑，又圆又粗，两个人才能合抱过来。上边缀满繁密而细碎的光点，熠熠闪烁。好像一块巨型的金星石。近处一看，原来是一口特大的水缸，缸身满是裂缝，那些光点竟是数不清的连合破缝的锔子，估计总有一两千个。颇令人诧异。我问过山民，才知道，山顶没有泉眼，缺水吃，山民们用这口缸储存雨水。为什么打了这么多锔子呢？据说，三百多年前，山上住着一百多户人家。每天人们要到半山间去取水，很辛苦。一年，从这些人家中，长足了八个膀大腰圆、力气十足的小伙子。大家合计一下，在山下的泰安城里买了这口大缸。由这八个小伙子出力，整整用了七七四十九天，才把大缸抬到山顶。以后，山上人家愈来愈少，再也不能凑齐那样八个健儿，抬一口新缸来。每次缸裂了，便到山下请上来一位锔缸的工匠，锔上裂缝。天长日久，就成了这样子。

听了这故事，你就不会再抱怨山顶饭菜价钱的昂贵。山上烧饭用的煤，也是一块块挑上来的呀！

二

在泰山上，随处都可以碰到挑山工。他们肩上架一根光溜溜的扁担，两端翘起处，垂下几根绳子，拴挂着沉甸甸的物品。登山时，他们的一条胳膊搭在扁担上，另一条胳膊垂着，伴随登踏的步子有节奏地一甩一甩，以保持身体平衡。他们的路线是折尺形的——先从台阶的一端起步，斜行向上，登上七八级台阶，就到了台阶的另一端；便转过身子，反方向斜行，到一端再转回来，一曲一折向上登。每次转身，扁担都要换一次肩，这样才能使垂挂在扁担前头的东西不碰在台阶的边沿上，也为了省力。担了重物，照一般登山那样直上直下，膝头是受不住的。但路线曲折，就使路程加长。挑山工登一次山，大约多于游人们路程的一倍！

你来游山。一路上观赏着山道两旁的奇峰异石、巉岩绝壁、参天古木、飞烟流泉，心情喜悦，步子兴冲冲。可是当你走过这些肩挑重物的挑山工的身旁时，你会禁不住用一种同情的目光，注视他们一眼。你会因为自己身无负载而倍觉轻松，反过来，又为他们感到吃力和劳苦，心中生出一种负疚似的情感……而他们呢？默默的，不动声色，也不同游人搭话——除非向你问问时间。一步步慢吞吞地走自己的路。任你怎样嬉叫闹喊，也不会惊动他们。他们却总用一种缓慢又平均的速度向上登，很少停歇。脚底板在石阶上发出坚实有力的嚓嚓声。在他们走过之处，常常会留下零零落落的汗水的滴痕……

奇怪的是，挑山工的速度并不比你慢。你从他们身边轻快地超越过去，自觉把他们甩在后边很远。可是，你在什么地方饱览四外雄美的山色；或在道边诵读与抄录凿刻在石壁上的爬满青苔的古人的题句；或在喧闹的溪流前洗脸濯足，他们就会在你身旁慢吞吞、不声不响地走过去。悄悄地超过了你。等你发现他走在你的前头时，会吃一惊，茫然不解，以为他们是像仙人那样腾云驾雾赶上来的。

有一次，我同几个画友去泰山写生，就遇到过这种情况。我们在山下的斗姥宫前买登山用的青竹杖时，遇到一个挑山工。矮个子，脸儿黑生生，眉毛很浓，大约四十来岁；敞开的白土布褂子中间露出鲜红的背心。他扁担一头拴着几张黄木凳子，另一头捆着五六个青皮西瓜。我们很快就越过他去。可是到了回马岭那条陡直的山道前，我们累了，舒开身子，躺在一块平平的被山风吹得干干净净的大石头上歇歇脚，这当儿，竟发现那挑山工就坐在对面的草茵上抽着烟。随后，我们差不多同时启程，很快就把他甩在身后，直到看不见。但当我爬上半山的五松亭时，却见他正在那株姿态奇特的古松下整理他的挑儿。褂子脱掉，现出黑黝黝、健美的肌肉和红背心。我颇感惊异。走过去假装问道，让支烟，跟着便没话找话，和他攀谈起来。这山民倒不拘束，挺爱说话。他告诉我，他家住在山脚下，天天挑货上山。一年四季，一天一个来回。他干了近二十年。然后他说："您看俺个子小吗？干挑山工的，长年给扁担压得长不高，都是矮粗。像您这样的高个儿干不这种活儿。走起来，晃晃悠悠哪！"

他逗趣似的一抬浓眉，咧开嘴笑了，露出皓白的牙齿。山民们喝泉水，牙齿都很白。

这么一来，谈话更随便些，我便把心中那个不解之谜说出来：

"我看你们走得很慢，怎么反而常常跑到我们前边来了呢？你们有什么近道儿吗？"

他听了，黑生生的脸上显出一丝得意之色。他吸一口烟，吐出来，好像做了一点思考，才说：

"俺们哪里有近道，还不和你们是一条道？你们是走得快，可你们在路上东看西看，玩玩闹闹，总停下来呗！俺们跟你们不一样。不能像你们在路上那么随便，高兴怎么就怎么。一步踩不实不行，停停住住更不行。那样，两天也到不了山顶。就得一个劲儿总往前走。别看俺们慢，走长了就跑到你们前边去了。瞧，是不是这个理儿？"

我笑吟吟，心悦诚服地点着头。我感到这山民的几句话里，似乎包蕴着一种意味深长的哲理，一种切实而朴素的思想。我来不及细细嚼味，作些引申，他就担起挑儿启程了。在前边的山道上，在我流连山色之时，他还是悄悄超过了我，提前到达山顶。我在极顶的小卖部门前碰见他，他正在那里交货。我们的目光相遇时，他略表相识地点头一笑，好像对我说：

"瞧，俺可又跑到你的前头来了！"

我自泰山返回家后，就画了一幅画——在陡直而似乎没有尽头的山道上，一个穿红背心的挑山工给肩头的重物压弯了腰，却一步步、不声不响、坚韧地向上登攀。多年来，这幅画一直挂在我的书桌前，不肯换掉，因为我需要它……

1980 年 2 月

黄山绝壁松

黄山以石奇云奇松奇名天下。然而登上黄山，给我以震动的是黄山松。

黄山之松布满黄山。由深深的山谷至大大小小的山顶，无处无松。可是我说的松只是山上的松。

山上有名气的松树颇多。如迎客松、望客松、黑虎松、连理松等等，都是游客们争相拍照的对象。但我说的不是这些名松，而是那些生在极顶和绝壁上不知名的野松。

黄山全是石峰。裸露的巨石侧立千仞，光秃秃没有土壤，尤其那些极高的地方，天寒风疾，草木不生，苍鹰也不去那里，一棵棵松树却破石而出，伸展着优美而碧绿的长臂，显示其独具的气质。世人赞叹它们独绝的姿容，很少去想在终年的烈日下或寒飙中，它们是怎样存活和生长的？

一位本地人告诉我，这些生长在石缝里的松树，根部能够分泌一种酸性的物质，腐蚀石头的表面，使其化为养分被自己吸收。为了从石头里寻觅生机，也为了牢牢抓住绝壁，以抵抗不期而至的狂风的撕扯与摧折，它们的根日日夜夜与石头搏斗着，最终不可思议地穿入坚如钢铁的石体。细心便能看到，这些松根在生长和壮大时常常把石头从中挣裂！还有什么树木有如此顽强的生命力？

我在迎客松后边的山崖上仰望一处绝壁，看到一条长长的石缝里生着一株幼小的松树。它高不及一米，却旺盛而又有活力。显然曾有一颗松子飞落到这里，在这冰冷的石缝间，什么养料也没有，它却奇迹般生根发芽，生长起来。如此幼小的树也能这般顽强？这力量是来自物种本身，还是在一代代松树坎坷的命运中磨砺出来的？我想，一定是后者。我发现，山上之松与山下之松绝不一样。那些密密实实拥挤在温暖的山谷中的松树，干直枝肥，针叶鲜碧，慵懒而富态；而这些山顶上绝壁松却是枝干瘦硬，树叶黑绿，矫健又强悍。这绝壁之松是被恶劣与凶险的环境强化出来的。它虬劲和富于弹性的树干，是长期与风雨搏斗的结果；它远远地伸出的枝叶是为了更多地吸取阳光……这一代代艰辛的生存记忆，已经化为一种个性的基因，潜入绝壁松的骨头里。为此，它们才有着如此非凡的性格与精神。

它们站立在所有人迹罕至的地方。那些荒峰野岭的极顶，那些下临万丈的悬崖峭壁，那些凶险莫测的绝境，常常可以看到三两棵甚至只有一棵孤松，十分夺目地立在那里。它们彼此姿态各异，也神情各异，或英武，或肃穆，或孤傲，或寂寞。远远望着它们，会心生敬意；但它们——只有站在这些高不可攀的地方，才能真正看到天地的浩荡与博大。

于是，在大雪纷飞中，在夕阳残照里，在风狂雨骤间，在云烟明灭时，这些绝壁松都像一个个活着的人：像站立在船头镇定又从容地与激浪搏斗的艄公，战场上永不倒下的英雄，沉静的思想者，超逸又具风骨的文人……在一片光亮晴空的映衬下，它们的身影就如同用浓墨画上去的一样。

但是，别以为它们全像画中的松树那么漂亮。有的枝干被飓风吹折，暴露着断枝残干，但另一些枝叶仍很苍郁；有的被酷热与冰寒打败，只剩下赤裸的枯骸，却依旧尊严地挺立在绝壁之上。于是，一个强者应当有的品质——刚强、坚韧、适应、忍耐、奋取与自信，它全都具备。

现在可以说了，在黄山这些名绝天下的奇石奇云奇松中，石是山的体魄，云是山的情感，而松——绝壁之松是黄山的灵魂。

2006 新年首篇

春天最初是闻到的

一年一度此时此刻，我都会站在料峭的寒气里，期待着春的到来。

因为我知道，若要"知春"可不能等到"隔岸观柳"；不能等到远远河边的柳林已经泛出绿意，或是那变松变软变得湿漉漉的土地已经钻出草芽——那可就晚了。春的到来远比这些景象的出现早得多，一直早到冬天犹存的天地里。你把冻得发红的鼻子伸进挺凉、甚至挺冷的空气里，忽然，一股子清新的、熟悉的、久违的气息，钻进鼻孔，并一下子钻进你的心里。它让你忽然感到天地要为之一新了，你立即意识到春天来了！

可是，当你伸着鼻子着意一吸，想再闻一闻这神奇的气味时，它又骤然消失，仿佛一闪即逝。你环顾四周，仍是一派冬之凋敝，地冻天寒。然而，不知什么地方什么时候，这气味忽又出现。就像初恋之初，你所感受到的那种幸福的似是而非。当你感到"非"时便陷入一片空茫，在你感到"是"时则怦然心动。原来，春天最初是在飘忽不定之中，若隐若现、似有若无。它不是一种形态，而是一种气味，一种气息——一种苏醒的大地生命散发出的气息。

这时，你去留心一下。鸟雀们的叫声里是否多了一点兴奋与光亮？那些攀附在被太阳晒暖的墙壁上的藤条，看上去依旧干枯，你用指甲抠一下它黑褐色的外皮，你会发现这茎皮下边竟是鲜嫩鲜嫩的绿。春天不声不响地埋伏在万物之中。这天地表面依旧如同冬天里那样冷寂而肃穆。但春是一种生命。凡是生命都是不可遏止的。生命的本质是生。谁能阻遏生的力量？冬天没有一次关住过春天，也永远不会关住春天。所以在它出现之前，已经急不可待地把它的气息精灵一般地散发出来，透露给你。所以，春天最先是闻到的。

故此，我喜欢在这个季节里，静下心来去期待春天与寻找春天。体验与享受春之初至那一刻特有的诱惑。这种诱惑是大自然生命的诱惑，也是一种改天换地更新的诱惑。

去把冻红的鼻子伸进这寒冷的空气中吧。

2012 年 2 月 26 日

逼来的春天

　　那时，大地依然一派毫无松动的严冬景象，土地邦硬，树枝全抽搐着，害病似的打着冷颤；雀儿们晒太阳时，羽毛乍开好像绒球，紧挤一起，彼此借着体温。你呢，面颊和耳朵边儿像要冻裂那样疼痛……然而，你那冻得通红的鼻尖，迎着凛冽的风，却忽然闻到了春天的气味！

　　春天最先是闻到的。

　　这是一种什么气味？它令你一阵惊喜，一阵激动，一下子找到了明天也找到了昨天——那充满诱惑的明天和同样季节、同样感觉却流逝难返的昨天。可是，当你用力再去吸吮这空气时，这气味竟又没了！你放眼这死气沉沉冻结的世界，准会怀疑它不过是瞬间的错觉罢了。春天还被远远隔绝在地平线之外吧。

　　但最先来到人间的春意，总是被雄踞大地的严冬所拒绝、所稀释、所泯灭。正因为这样，每逢这春之将至的日子，人们会格外地兴奋、敏感和好奇。

　　如果你有这样的机会多好——天天来到这小湖边，你就能亲眼看到冬天究竟怎样退去，春天怎样到来，大自然究竟怎样完成这一年一度起死回生的最奇妙和最伟大的过渡。

但开始时，每瞧它一眼，都会换来绝望。这小湖干脆就是整整一块巨大无比的冰，牢牢实实，坚不可摧；它一直冻到湖底了吧？鱼儿全死了吧？灰白色的冰面在阳光反射里光芒刺目；小鸟从不敢在这寒气逼人的冰面上站一站。

逢到好天气，一连多天的日晒，冰面某些地方会融化成水，别以为春天就从这里开始。忽然一夜寒飙过去，转日又冻结成冰，恢复了那严酷肃杀的景象。若是风雪交加，冰面再盖上一层厚厚雪被，春天真像天边的情人，愈期待愈迷茫。

然而，一天，湖面一处，一大片冰面竟像沉船那样陷落下去，破碎的冰片斜插水里，好像出了什么事！这除非是用重物砸开的，可什么人、又为什么要这样做呢？但除此之外，并没发现任何异常的细节。那么你从这冰面无缘无故的坍塌中是否隐隐感到了什么……刚刚从裂开的冰洞里露出的湖水，漆黑又明亮，使你想起一双因为爱你而无限深邃又默默的眼睛。

这坍塌的冰洞是个奇迹，尽管寒潮来临，水面重新结冰，但在白日阳光的照耀下又很快地融化和洞开。冬的伤口难以愈合。冬的黑子出现了。

冬天与春天的界限是瓦解。

冰的坍塌不是冬的风景，而是隐形的春所创造的第一幅壮丽的图画。

跟着，另一处湖面，冰层又坍塌下去。一个、两个、三个……随后湖面中间闪现一条长长的裂痕，不等你确认它的原因和走向，居然又发现几条粗壮的裂痕从斜刺里交叉过来。开始这些裂痕发白，渐渐变黑，这表明裂痕里已经浸进湖水。某一天，你来到湖边，会止不住出声地惊叫起来，巨冰已经裂开！黑黑的湖水像打开两扇沉重的大门，把一分为二的巨冰推向两旁，终于祖露出自己阔大、光滑而迷人的胸膛……

这期间，你应该在岸边多待些时候。你就会发现，这漆黑而依旧冰冷的湖水泛起的涟漪，柔软又轻灵，与冬日的寒浪全然两样了。那些仍然覆盖湖面的冰层，不再光芒夺目，它们黯淡、晦涩、粗糙和发脏，表面一块块凹下去。有时，忽然"咔嚓"清脆地一响，跟着某一处，断裂的冰块应声漂移而去……尤其动人的，是那些在冰层下憋闷了长长一冬的大鱼，它们时而激情难捺，猛地蹦出水面，在阳光下银光闪烁打个"挺儿"，"哗啦"落入水中。你会深深感到，春天不是由远方来到眼前，不是由天外来到人间；它原是深藏在万物的生命之中的，它是从生命深处爆发出来的，它是生的欲望、生的能源与生的激情。它永远是死亡的背面。唯此，春天才是不可遏制的。它把酷烈的严冬作为自己的序曲，不管这序曲多么漫长。

追逐着凛冽的朔风的尾巴，总是明媚的春光；所有冻凝的冰的核儿，都是一滴春天的露珠；那封闭大地的白雪下边是什么？你挥动大帚，扫去白雪，一准是连天的醉人的绿意……

你眼前终于出现这般景象：宽展的湖面上到处浮动着大大小小的冰块。这些冬的残骸被解脱出来的湖水戏弄着，今儿推到湖这边儿，明日又推到湖那边儿。早来的候鸟常常一群群落在浮冰上，像乘载游船，欣赏着日渐稀薄的冬意。这些浮冰不会马上消失，有时还会给一场春寒冻结在一起，霸道地凌驾湖上，重温昔日威严的梦。然而，春天的湖水既自信又有耐性，有信心才有耐性。它在这浮冰四周，扬起小小的浪头，好似许许多多温和而透明的小舌头，去舔弄着这些渐软渐松渐小的冰块……最后，整个湖中只剩下一块肥皂大小的冰片片了，湖水反而不急于吞没它，而是把它托举在浪波之上，摇摇晃晃，一起一伏，展示着严冬最终的悲哀、无助和无可奈何……终于，它消失了。冬，顿时也消失于天地间。这时你会发现，湖水并不黝黑，而是湛蓝湛蓝。它和天空一样的颜色。

天空是永远宁静的湖水，湖水是永难平静的天空。

春天一旦跨到地平线这边来，大地便换了一番风景，明朗又朦胧。它日日夜夜散发着一种气息，就像青年人身体散发出的气息。清新的、充沛的、诱惑而撩人的，这是生命本身的气息。大地的肌肤——泥土，松软而柔和；树枝再不抽搐，软软地在空中自由舒展，那纤细的枝梢无风时也颤悠悠地摇动，招呼着一个万物萌芽的季节的到来。小鸟们不必再乍开羽毛，个个变得光溜精灵，在高天上扇动阳光飞翔……湖水因为春潮涨满，仿佛与天更近；静静的云，说不清在天上还是在水里……湖边，湿漉漉的泥滩上，那些东倒西歪的去年的枯苇棵里，一些鲜绿夺目、又尖又硬的苇芽，破土而出，愈看愈多，有的地方竟已簇密成片了。你真惊奇！在这之前，它们竟逃过你细心的留意，一旦发现即已充满咄咄的生气了！难道这是一夜春风、一阵春雨或一日春晒，便齐刷刷钻出地面？来得又何其神速！这分明预示着，大自然囚禁了整整一冬的生命，要重新开始新的一轮竞争了。而它们，这些碧绿的针尖一般的苇芽，不仅叫你看到了崭新的生命，还叫你深刻地感受到生命的锐气、坚韧、迫切，还有生命和春的必然。

1994 年 3 月

苦　夏

这一日，终于撂下扇子。来自天上干燥清爽的风，忽吹得我衣飞举，并从袖口和裤管钻进来，把周身滑溜溜地抚动。我惊讶地看着阳光下依旧夺目的风景，不明白数日前那个酷烈非常的夏天突然到哪里去了。

是我逃遁似的一步跳出了夏天，还是它就像七六年的"文革"那样——在一夜之间崩溃？

身居北方的人最大的福分，便是能感受到大自然的四季分明。我特别能理解一位新加坡朋友，每年冬天要到中国北方住上十天半个月，否则会一年里周身不适。好像不经过一次冷处理，他的身体就会发酵。他生在新加坡，祖籍中国河北；虽然人在"终年都是夏"的新加坡长大，血液里肯定还执着地潜在着大自然四季的节奏。

四季是来自于宇宙的最大的拍节。在每一个拍节里，大地的景观便全然变换与更新。四季还赋予地球以诗，故而悟性极强的中国人，在四言绝句中确立的法则是：起，承，转，合。这四个字恰恰就是四季的本质。起始如春，承续似夏，转变若秋，合拢为冬。合在一起，不正是地球生命完整的一轮？为此，天地间一切生命全都依从着这一拍节，无论岁岁枯荣与生死的花草百虫，还是长命百岁的漫漫人生。然而在这生命的四季里，最壮美和最热烈的不是这长长的夏吗？

女人们孩提时的记忆散布在四季；男人们的童年往事大多是在夏天里。这由于，我们儿时的伴侣总是各种各样的昆虫。蜻蜓、天牛、蚂蚱、螳螂、蝴蝶、蝉、蚂蚁、蚯蚓，此外还有青蛙和鱼儿。它们都是夏日生活的主角；每种昆虫都给我们带来无穷的快乐。甚至我对家人和朋友们记忆最深刻的细节，也都与昆虫有关。比如妹妹一见到壁虎就发出一种特别恐怖的尖叫，比如邻家那个斜眼的男孩子专门残害蜻蜓，比如同班一个最好看的女生头上花形的发卡，总招来蝴蝶落在上边；再比如，父亲睡在铺了凉席的地板上，夜里翻身居然压死了一只蝎子。这不可思议的事使我感到父亲的无比强大。后来父亲挨斗，挨整，写检查；我劝慰和宽解他，怕他自杀，替他写检查——那是我最初写作的内容之一。这时候父亲那种强大感便不复存在。生活中的一切事物，包括夏天的意味全都发生了变化。

在快乐的童年里，根本不会感到蒸笼般夏天的难耐与难熬。唯有在此后艰难的人生里，才体会到苦夏的滋味。快乐把时光缩短，苦难把岁月拉长，一如这长长的仿佛没有尽头的苦夏。但我至今不喜欢谈自己往日的苦楚与磨砺。相反，我却从中领悟到"苦"字的分量。苦，原是生活中的蜜。人生的一切收获都压在这沉甸甸的苦字的下边。然而一半的苦字下边又是一无所有。你用尽平生的力气，最终所获与初始时的愿望竟然去之千里。你该怎么想？

于是我懂得了这苦夏——它不是无尽头的暑热的折磨，而是我们顶着毒日头默默又坚忍的苦斗的本身。人生的力量全是对手给的，那就是要把对手的压力吸入自己的骨头里。强者之力最主要的是承受力。

只有在匪夷所思的承受中才会感到自己属于强者，也许为此，我的写作一大半是在夏季。很多作家包括普希金不都是在爽朗而惬意的秋天里开花结果？我却每每进入炎热的夏季，反而写作力加倍地旺盛。我想，这一定是那些沉重的人生的苦夏，煅造出我这个反常的性格习惯。我太熟悉那种写作久了，汗湿的胳膊粘在书桌玻璃上的美妙无比的感觉。

在维瓦尔第的《四季》中，我常常只听"夏"的一章。它使我激动，胜过春之蓬发、秋之灿烂、冬之静穆。友人说"夏"的一章，极尽华丽之美。我说我从中感受到的，却是夏的苦涩与艰辛，甚至还有一点儿悲壮。友人说，我在这音乐情境里已经放进去太多自己的故事。我点点头，并告诉他我的音乐体验。音乐的最高境界是超越听觉；不只是它给你，更是你给它。

年年夏日，我都会这样体验一次夏的意义，从而激情迸发，心境昂然。一手撑着滚烫的酷暑，一手写下许多文字来。

今年我还发现，这伏夏不是被秋风吹去的，更不是给我们的扇子轰走的——

夏天是被它自己融化掉的。

因为，夏天的最后一刻，总是它酷热的极致。我明白了，它是耗尽自己的一切，才显示出夏的无边的威力。生命的快乐是能量淋漓尽致地发挥。但谁能像它这样，用一种自焚的形式，创造出这火一样辉煌的顶点？

于是，我充满了夏之崇拜！我要一连跨过眼前的辽阔的秋，悠长的冬和遥远的春，再一次邂逅你，我精神的无上境界——苦夏！

1999 年 8 月　天津

秋天的音乐

　　你每次上路出远门千万别忘记带上音乐，只要耳朵里有音乐，你一路上对景物的感受就全然变了。它不再是远远待在那里、无动于衷的样子，在音乐撩拨你心灵的同时，也把窗外的景物调弄得易感而动情。你被种种旋律和音响唤起的丰富的内心情绪，这些景物也全部神会地感应到了，它还随着你的情绪奇妙地进行自我再造。你振作它雄浑，你宁静它温存，你伤感它忧患，也许同时还给你加上一点人生甜蜜的慰藉，这是真正知友心神相融的交谈……河湾、山脚、烟光、云影、一草一木，所有细节都浓浓浸透你随同音乐而流动的情感，甚至它一切都在为你变形，一幅幅不断变换地呈现出你心灵深处的画面。它使你一下子看到了久藏心底那些不具体、不成形、朦胧模糊或被时间湮没了的感受，于是你更深深坠入被感动的漩涡里，享受这画面、音乐和自己灵魂三者融为一体的特殊感受……

　　秋天十月，我松松垮垮套上一件粗线毛衣，背个大挎包，去往东北最北部的大兴安岭。赶往火车站的路上，忽然发觉只带了录音机，却把音乐磁带忘记在家，恰巧路过一个朋友的住处，他是音乐迷，便跑进去向他借。他给我一盘说是新翻录的，都是"背景音乐"。我问他这是什么曲子，他怔了怔，看我一眼说：

"秋天的音乐。"

他多半随意一说，搪塞我。这曲名，也许是他看到我被秋风吹得松散飘扬的头发，灵机一动得来的。

火车一出山海关，我便戴上耳机听起这秋天的音乐。开端的旋律似乎熟悉，没等我怀疑它是不是真正地描述秋天，下巴发懒地一蹭粗软的毛衣领口；两只手搓一搓，让干燥的凉手背给湿润的热手心舒服地摩擦摩擦，整个身心就进入秋天才有的一种异样温暖甜醉的感受里了。

我把脸颊贴在窗玻璃上，挺凉，带着享受的渴望往车窗外望去，秋天的大自然展开一片辉煌灿烂的景象。阳光像钢琴明亮的音色洒在这收割过的田野上，整个大地像生过婴儿的母亲，幸福地舒展在开阔的晴空下，躺着，丰满而柔韧的躯体！从麦茬里裸露出浓厚的红褐色是大地母亲健壮的肤色；所有树林都在炎夏的竞争中把自己的精力膨胀到头，此刻自在自如地伸展它优美的枝条；所有金色的叶子都是它的果实，一任秋风翻动，煌煌夸耀着秋天的富有。真正的富有感，是属于创造者的；真正的创造者，才有这种潇洒而悠然的风度……一只鸟儿随着一个轻扬的小提琴旋律腾空飞起，它把我引向无穷纯净的天空。任何情绪一入天空便化作一片博大的安寂。这愈看愈大的天空有如伟大哲人恢弘的头颅，白云是他的思想。有时风云交会，会闪出一道智慧的灵光，响起一句警示世人的哲理。此时，哲人也累了，沉浸在秋天的松弛里。它高远，平和，神秘无限。大大小小、松松散散的云彩是他思想的片段，而片段才是最美的，无论思想还是情感……这千形万状精美的片段伴同空灵的音响，在我眼前流过，还在阳光里洁白耀眼。那乘着小提琴旋律的鸟儿一直钻向云天，愈高愈小，最后变成一个极小的黑点儿，忽然"噗"地扎入一个巨大、蓬松、发亮的云团……

我陡然想起一句话：

"我一扑向你，就感到无限温柔呵。"

我还想起我的一句话：

"我睡在你的梦里。"

那是一个清明的早晨，在实实在在醋睡一夜醒来时，正好看见枕旁你朦胧的、散发着香气的脸说的。你笑了，就像荷塘里、雨里、雾里悄然张开的一朵淡淡的花。

接下去的温情和弦，带来一片疏淡的田园风景。秋天消解了大地的绿，用它中性的调子，把一切色泽调匀。和谐又高贵，平稳又舒畅，只有收获过了的秋天才能这样静谧安详。几座闪闪发光的麦秸垛，一缕银蓝色半透明的炊烟，这儿一棵那儿一棵怡然自得站在平原上的树，这儿一只那儿一只慢吞吞吃草的杂色的牛。在弦乐的烘托中，我心底渐渐浮起一张又静又美的脸。我曾经用吻，像画家用笔那样勾勒过这张脸：轮廓、眉毛、眼睛、嘴唇……这样的勾画异常奇妙，无形却深刻地记住。你嘴角的小涡、颤动的睫毛、鼓脑门和尖俏下巴上那极小而光洁的平面……近景从眼前疾掠而过，远景跟着我缓缓向前，大地像唱片慢慢旋转，耳朵里不绝地响着这曲人间牧歌。

一株垂死的老树一点点走进巨大唱片的中间来。它的根像唱针，在大自然深处划出一支忧伤的曲调。心中的光线和风景的光线一同转暗，即使一湾河水强烈的反光，也清冷，也刺目，也凄凉。一切阴影都化为行将垂暮秋天的愁绪；萧疏的万物失去往日共荣的激情，各自挽着生命的孤单；篱笆后一朵迟开的小葵花，像你告别时在人群中伸出的最后一次招手，跟着被轰隆隆前奔的列车甩到后边……春的萌动、战栗、骚乱，夏的喧闹、蓬勃、繁华，全都销匿而去，无可挽回。不管它曾经怎样辉煌，怎样骄傲，怎样光芒四射，怎样自豪地挥霍自己的精力与才华，毕竟过往不复。人生是一次性的；生命以时间为载体，这就决定人类以死亡为结局的必然悲剧。谁能把昨天和前天追回来，哪怕再经受一次痛苦的诀别也是幸福，还有那做过许多傻事的童年，年轻的母亲和初恋的梦，都与这老了的秋天去之遥远了。一种浓重的忧伤混同音乐漫无边际地散开，渲染着满目风光。我忽然想喊，想叫这列车停住，倒回去！

突然，一条大道纵向冲出去，黄昏中它闪闪发光，如同一支号角嘹亮吹响，声音唤来一大片拔地而起的森林，像一支金灿灿的铜管乐队，奏着庄严的乐曲走进视野。来不及分清这是音乐还是画面变换的缘故，心境陡然一变，刚刚的忧愁一扫而光。当浓林深处一棵棵依然葱绿的幼树晃过，我忽然醒悟，秋天的凋谢全是假象！

它不过在寒飙来临之前把生命掩藏起来，把绿意埋在地下，在冬日的雪被下积蓄与浓缩，等待下一个春天里，再一次加倍地挥洒与铺张！远远山坡上，坟茔，在夕照里像一堆火，神奇又神秘，它那里是埋葬的一具尸体或一个孤魂？既然每个生命都在创造了另一个生命后离去，什么叫作死亡？死亡，不仅仅是一种生命的转换，旋律的变化，画面的更迭吗？那么世间还有什么比死亡更庄严、更神圣、更迷人！为了再生而奉献自己的伟大的死亡啊……

秋天的音乐已如圣殿的声音；这壮美崇高的轰响，把我全部身心都裹住、都净化了。我惊奇地感觉自己像玻璃一样透明。

这时，忽见对面坐着两位老人，正在亲密交谈。残阳把他俩的脸晒得好红，条条皱纹都像画上去的那么清楚。人生的秋天！他们把自己的青春年华、所有精力为这世界付出，连同头发里的色素也将耗尽，那满头银丝不是人间最值得珍惜的吗？我瞧着他俩相互凑近、轻轻谈话的样子，不觉生出满心的爱来，真想对他俩说些美好的话。我摘下耳机，未及开口，却听他们正议论关于单位里上级和下级的事，哪个连着哪个，哪个与哪个明争暗斗，哪个可靠和哪个更不可靠，哪个是后患而必须……我惊呆了，以致再不能听下去，赶快重新戴上耳机，打开音乐，再听，再放眼窗外的景物。奇怪！这一次，秋天的音乐，那些感觉，全没了。

"艺术原本是欺骗人生的。"

在我返回家，把这盘录音带送还给我那朋友时，把这话告他。

他不知道我为何得到这样的结论，我也不知道他为何对我说：

"艺术其实是安慰人生的。"

1989 年 4 月 28 日

冬日絮语

　　每每到了冬日，才能实实在在触摸到了岁月。年是冬日中间的分界。有了这分界，便在年前感到岁月一天天变短，直到残剩无多！过了年忽然又有大把的日子，成了时光的富翁，一下子真的大有可为了。

　　岁月是用时光来计算的。那么时光又在哪里？在钟表上，日历上，还是行走在窗前的阳光里？

　　窗子是房屋最迷人的镜框。节候变换着镜框里的风景。冬意最浓的那些天，屋里的热气和窗外的阳光一起努力，将冻结在玻璃上的冰雪融化；它总是先从中间化开，向四边蔓延。透过这美妙的冰洞，我发现原来严冬的世界才是最明亮的。那一如人的青春的盛夏，总有荫影遮翳，葱茏却幽暗。小树林又何曾有这般光明？我忽然对老人这个概念生了敬意。只有阅尽人生，脱净了生命年华的叶子，才会有眼前这小树林一般明彻。只有这彻底的通彻，才能有此无边的安宁。安宁不是安寐，而是一种博大而丰实的自享。世中唯有创造者所拥有的自享才是人生真正的幸福。

朋友送来一盆"香棒"，放在我的窗台上说："看吧，多漂亮的大叶子！"

这叶子像一只只绿色光亮的大手，伸出来，叫人欣赏。逆光中，它的叶筋舒展着舒畅又潇洒的线条。一种奇特的感觉出现了！严寒占据窗外，丰腴的春天却在我的房中怡然自得。

自从有了这盆"香棒"，我才发现我的书房竟有如此灿烂的阳光。它照进并充满每一片叶子和每一根叶梗，把它们变得像碧玉一样纯净、通亮、圣洁。我还看见绿色的汁液在通明的叶子里流动。这汁液就是血液。人的血液是鲜红的，植物的血液是碧绿的，心灵的血液是透明的，因为世界的纯洁来自于心灵的透明。但是为什么我们每个人都说自己纯洁，而整个世界却仍旧一片混沌呢？

我还发现，这光亮的叶子并不是为了表示自己的存在，而是为了证实阳光的明媚、阳光的魅力、阳光的神奇。任何事物都同时证实着另一个事物的存在。伟大的出现说明庸人的无所不在；分离愈远的情人，愈显示了他们的心丝毫没有分离；小人的恶言恶语不恰好表达你的高不可攀和无法企及吗？而骗子无法从你身上骗走的，正是你那无比珍贵的单纯。老人的生命愈来愈短，还是他生命的道路愈来愈长？生命的计量，在于它的长度，还是宽度与深度？

冬日里，太阳环绕地球的轨道变得又斜又低。夏天里，阳光的双足最多只是站在我的窗台上，现在却长驱直入，直射在我北面的墙壁上。一尊唐代的木佛一直伫立在阴影里沉思，此刻迎着一束光芒无声地微笑了。

阳光还要充满我的世界，它化为闪闪烁烁的光雾，朝着四周的阴暗的地方浸染。阴影又执着又调皮，阳光照到哪里，它就立刻躲到光的背后。而愈是幽暗的地方，愈能看见被阳光照得晶晶发光的游动的尘埃。这令我十分迷惑：黑暗与光明的界限究竟在哪里？黑夜与晨曦的界限呢？来自于早醒的鸟第一声的啼叫吗……这叫声由于被晨露滋润而异样地清亮。

但是，有一种光可以透入幽闭的暗处，那便是从音箱里散发出来的闪光的琴音。鲁宾斯坦的手不是在弹琴，而是在摸索你的心灵；他还用手思索，用手感应，用手触动色彩，用手试探生命世界最敏感的悟性……琴音是不同的亮色，它们像明明灭灭、强强弱弱的光束，散布在空间！那些旋律片段好似一些金色的鸟，扇着翅膀，飞进布满阴影的地方。有时，它会在一阵轰响里，关闭了整个地球上的灯或者创造出一个辉煌夺目的太阳。我便在一张寄给远方的失意朋友的新年贺卡上，写了一句话：

你想得到的一切安慰都在音乐里。

冬日里最令人莫解的还是天空。

盛夏里，有时乌云四合，那即将被峥嵘的云吞没的最后一块蓝天，好似天空的一个洞，无穷地深远。而现在整个天空全成了这样，在你头顶上无边无际地展开！空阔、高远、清澈、庄严！除去少有的飘雪的日子，大多数时间连一点点云丝也没有，鸟儿也不敢飞上去，这不仅由于它冷冽寥廓，而是因为它大得……大得叫你一仰起头就感到自己的渺小。只有在夜间，寒空中才有星星闪烁。这星星是宇宙间点灯的驿站。万古以来，是谁不停歇地从一个驿站奔向下一个驿站？为谁送信？为了宇宙间那一桩永恒的爱吗？

我注视着冬天在大地上的脚步，看看它究竟怎样一步步、沿着哪个方向一直走到春天？

1995 年 12 月 28 日一稿

1996 年 1 月 18 日二稿

时 光

　　一岁将尽，便进入一种此间特有的情氛中。平日里奔波忙碌，只觉得时间的紧迫，很难感受到"时光"的存在。时间属于现实，时光属于人生。然而到了年终时分，时光的感觉乍然出现。它短促、有限、性急，你在后边追它，却始终抓不到它飘举的衣袂。它飞也似的向着年的终点扎去。等到你真的将它超越，年已经过去，那一大片时光便留在过往不复的岁月里了。

　　今晚突然停电，摸黑点起蜡烛。烛光如同光明的花苞，宁静地浮在漆黑的空间里；室内无风，这光之花苞便分外优雅与美丽；些许的光散布开来，朦胧依稀地勾勒出周边的事物。没有电就没有音乐相伴，但我有比音乐更好的伴侣——思考。

　　可是对于生活最具悟性的，不是思想者，而是普通大众。比如大众俗语中，把临近年终这几天称作"年根儿"，多么真切和形象！它叫我们顿时发觉，一棵本来是绿意盈盈的岁月之树，已被我们消耗殆尽，只剩下一点点根底。时光竟然这样的紧迫、拮据与深浓……

一下子，一年里经历过的种种事物的影像全都重叠地堆在眼前。不管这些事情怎样庞杂与艰辛，无奈与突兀。我更想从中找到自己的足痕。从春天落英缤纷的京都退藏院到冬日小雨空濛的德尔菲遗址；从重庆荒芜的红卫兵墓到津南那条神奇的蛤蜊堤；从一个会场到另一个会场，一个活动到另一个活动中；究竟哪一些足迹至今清晰犹在，哪一些足迹杂沓模糊甚至早被时光干干净净一抹而去？

我瞪着眼前的重重黑影，使劲看去。就在烛光散布的尽头，忽然看到一双眼睛正直对着我。目光冷峻锐利，逼视而来。这原是我放在那里的一尊木雕的北宋天王像。然而此刻他的目光却变得分外有力。它何以穿过夜的浓雾，穿过漫长的八百年，锐不可当、拷问似的直视着任何敢于朝他瞧上一眼的人？显然，是由于八百年前那位不知名的民间雕工传神的本领、非凡的才气；他还把一种阳刚正气和直逼邪恶的精神注入其中。如今那位无名雕工早已了无踪影，然而他那令人震撼的生命精神却保存下来。

在这里，时光不是分毫不曾消逝吗？

植物死了，把它的生命留在种子里；诗人离去，把他的生命留在诗句里。

时光对于人，其实就是生命的过程。当生命走到终点，不一定消失得没有痕迹，有时它还会转化为另一种形态存在或再生。母与子的生命的转换，不就在延续着整个人类吗？再造生命，才是最伟大的生命奇迹。而此中，艺术家们应是最幸福的一种。唯有他们能用自己的生命去再造一个新的生命。小说家再造的是代代相传的人物；作曲家再造的是他们那个可以听到的迷人而永在的灵魂。

此刻，我的眸子闪闪发亮，视野开阔，房间里的一切艺术珍品都一点点地呈现。它们不是被烛光照亮，而是被我陡然觉醒的心智召唤出来的。

其实我最清晰和最深刻的足迹，应是书桌下边，水泥的地面上那两个被自己的双足磨成的浅坑。我的时光只有被安顿在这里，它才不会消失，而被我转化成一个个独异又鲜活的生命，以及一行行永不褪色的文字。然而我一年里把多少时光抛入尘嚣，或是支付给种种一闪即逝的虚幻的社会场景。甚至有时属于自己的时光反成了别人的恩赐。检阅一下自己创造的人物吧，掂量他们的寿命有多长。艺术家的生命是用他艺术的生命计量的。每个艺术家都有可能达到永恒，放弃掉的只能是自己。是不是？

迎面那宋代天王瞪着我，等我回答。

我无言以对，尴尬到了自感狼狈。

忽然，电来了，灯光大亮，事物通明，恍如更换天地。刚才那片幽阔深远的思想世界顿时不在，唯有烛火空自燃烧，显得多余。再看那宋代的天王像，在灯光里仿佛换了一个神气，不再那样咄咄逼人了。

我也不用回答他，因为我已经回答自己了。

丁丑腊月廿一日寒夜

第二辑

往事如"烟"

　　从家族史的意义上说，抽烟没有遗传。虽然我父亲抽烟，我也抽过烟，但在烟上我们没有基因关系。我曾经大抽其烟，我儿子却绝不沾烟，儿子坚定地认为不抽烟是一种文明。看来个人的烟史是一段绝对属于自己的人生故事。而且在开始成为烟民时，就像好小说那样，各自还都有一个"非凡"的开头。

　　记得上小学时，我做肺部的 X 光透视检查。医生一看我肺部的影像，竟然朝我瞪大双眼，那神气好像发现了奇迹。他对我说："你的肺简直跟玻璃的一样，太干净太透亮了。记住，孩子，长大可绝对不要吸烟！"

　　可是，后来步入艰难的社会。我从事仿制古画的单位被"文革"的大锤击碎。我必须为一家塑料印刷的小作坊跑业务，天天像沿街乞讨一样，钻进一家家工厂去寻找活计。而接洽业务，打开局面，与对方沟通，先要敬上一支烟。烟是市井中一把打开对方大门的钥匙。可最初我敬上烟时，却只是看着对方抽，自己不抽。这样反而倒有些尴尬。敬烟成了生硬的"送礼"。于是，我便硬着头皮开始了抽烟的生涯。为了敬烟而吸烟。应该说，我抽烟完全是被迫的。

儿时，那位医生叮嘱我的话，那句金玉良言，我至今未忘。但生活的警句常常被生活本身击碎。因为现实总是至高无上的。甚至还会叫真理甘拜下风。当然，如果说起我对生活严酷性的体验，这还只是九牛一毛呢！

古人以为诗人离不开酒，酒后的放纵会给诗人招来意外的灵感；今人以为作家的写作离不开烟，看看他们写作时脑袋顶上那纷纭缭绕的烟缕，多么像他们头脑中翻滚的思绪呵。但这全是误解！好的诗句都是在清明的头脑中跳跃出来的；而"无烟作家"也一样写出大作品。

他们并不是为了写作才抽烟。他们只是写作时也要抽烟而已。

真正的烟民全都是无时不抽的。

他们闲时抽，忙时抽；舒服时抽，疲乏时抽；苦闷时抽，兴奋时抽；一个人时抽，一群人更抽；喝茶时抽，喝酒时抽；饭前抽几口，饭后抽一支；睡前抽几口，醒来抽一支。右手空着时用右手抽，右手忙着时用左手抽。如果坐着抽，走着抽，躺着也抽，那一准是头一流的烟民。记得我在自己烟史的高峰期，半夜起来还要点上烟，抽半支，再睡。我们误以为烟有消闲、解闷、镇定、提神和助兴的功能，其实不然。对于烟民来说，不过是这无时不伴随着他们的小小的烟卷，参与了他们大大小小一切的人生苦乐罢了。

我至今记得父亲挨整时，总躲在屋角不停地抽烟。那个浓烟包裹着的一动不动的蜷曲的身影，是我见到过的世间最愁苦的形象。烟，到底是消解了还是加重他了的忧愁和抑郁？

那么，人们的烟瘾又是从何而来？

烟瘾来自烟的魅力。我看烟的魅力，就是在你把一支雪白和崭新的烟卷从烟盒抽出来，性感地夹在唇间，点上，然后深深地将雾化了的带着刺激性香味的烟丝吸入身体而略感精神一爽的那一刻。即抽第一口烟的那一刻。随后，便是这吸烟动作的不断重复。而烟的魅力在这不断重复的吸烟中消失。

其实，世界上大部分事物的魅力，都在这最初接触的那一刻。

我们总想去再感受一下那一刻，于是就有了瘾。所以说，烟瘾就是不断燃起的"抽上一口"——也就是第一口烟的欲求。这第一口之后再吸下去，就成了一种毫无意义的习惯性的行为。我的一位好友张贤亮深谙此理，所以他每次点上烟，抽上两三口，就把烟按死在烟缸里。有人说，他才是最懂得抽烟的。他抽烟一如赏烟。并说他是"最高品位的烟民"。但也有人说，这第一口所受尼古丁的伤害最大，最具冲击性，所以笑称他是"自残意识最清醒的烟鬼"。但是，不管怎么样，烟最终留给我们的是发黄的牙和夹烟卷的手指，熏黑的肺，咳嗽和痰喘，还有难以谢绝的烟瘾本身。

父亲抽了一辈子烟。抽得够凶。他年轻时最爱抽英国老牌的"红光"，后来专抽"恒大"。"文革"时发给他的生活费只够吃饭，但他还是要挤出钱来，抽一种军绿色封皮的最廉价的"战斗牌"纸烟。如果偶尔得到一支"墨菊""牡丹"，便像今天中了彩那样，立刻眉开眼笑。这烟一直抽得他晚年患"肺气肿"，肺叶成了筒形，呼吸很费力，才把烟扔掉。

十多年前，我抽得也凶，尤其是写作中。我住在北京人民文学出版社写长篇时，四五个作家挤在一间屋里，连写作带睡觉。我们全抽烟，天天把小屋抽成一片云海。灰白色厚厚的云层静静地浮在屋子中间。烟民之间全是有福同享。一人有烟大家抽，抽完这人抽那人。全抽完了，就趴在地上找烟头。凑几个烟头，剥出烟丝，撕一条稿纸卷上，又一支烟。可有时晚上躺下来，忽然害怕桌上烟火未熄，犯起了神经质，爬起来查看查看，还不放心。索性把新写的稿纸拿到枕边，怕把自己的心血烧掉。

烟民做到这个份儿，后来戒烟的过程必然十分艰难。单用意志远远不够，还得使出各种办法对付自己。比方，一方面我在面前故意摆一盒烟，用激将法来捶打自己的意志；一方面在烟瘾上来时，又不得不把一支不装烟丝的空烟斗叼在嘴上。好像在戒奶的孩子的嘴里塞上一个奶嘴，致使来访的朋友们哈哈大笑。

只有在戒烟的时候，才会感受到烟的厉害。

最厉害的事物是一种看不见的习惯。当你与一种有害的习惯诀别之后，又找不到新的事物并成为一种习惯时，最容易出现的便是返回去。从生活习惯到思想习惯全是如此。这一点也是我在小说《三寸金莲》中"放足"那部分着意写的。

如今我已经戒烟十年有余。屋内烟消云散，一片清明，空气里只有观音竹细密的小叶散出的优雅而高逸的气息。至于架上的书，历史的界线更显分明：凡是发黄的书脊，全是我吸烟时代就立在书架上的；此后来者，则一律鲜明夺目，毫无污染。今天，写作时不再吸烟，思维一样灵动如水，活泼而光亮。往往看到电视片中出现一位奋笔写作的作家，一边皱眉深思，一边喷云吐雾，我会哑然失笑。并庆幸自己已然和这种糟糕的样子永久地告别了。

一个边儿磨毛的皮烟盒，一个老式的有机玻璃烟嘴，陈放在我的玻璃柜里。这是我生命的文物。但在它们成为文物之后，所证实的不仅仅是我做过烟民的履历，它还会忽然鲜活地把昨天生活的某一个画面唤醒，就像我上边描述的那种种的细节和种种的滋味。

去年，我去北欧。在爱尔兰首都都柏林的一个小烟摊前，忽然一个圆形红色的形象跳到眼中。我马上认出这是父亲半个世纪前常抽的那种英国名牌烟"红光"。一种十分特别和久违的亲切感拥到我的身上。我马上买了一盒。回津后，在父亲祭日那天，用一束淡雅的花衬托着，将它放在父亲的墓前。这一瞬竟叫我感到了父亲在世一般的音容，很生动，很贴近。这真是奇妙的事！虽然我明明知道这烟曾经有害于父亲的身体，在父亲活着的时候，我希望彻底撤掉它。但在父亲离去后，我为什么又把它十分珍惜地自万里之外捧了回来？

我明白了，这烟其实早已经是父亲生命的一部分。

从属于生命的事物，一定会永远地记忆着生命的内容，特别是在生命消失之后。我这句话是广义的。

物本无情，物皆有情，这两句话中间的道理便是本文深在的主题。

2001 年 2 月　天津

空信箱

　　我的信箱挂在大门上，门板掏个长形的洞，信打外边塞进来。只要听邮递员"叮叮"一拨车铃，马上跑去打开，一封信悄然沉静立在箱子里。天蓝色的信封像一块天空，牛皮纸褐色的信封像一片泥板，沉甸甸。扯开信时的心情总是急渴渴，不知里边装着是意外是倾诉是愁苦是体贴是欢愉是求助，或是火一样的恋情烟一样的思绪带子一样扯不断的思念。天南地北海角天涯朋友们的行踪消息全靠它了。

　　有时等信等得好苦，一天几次去打开它，总以为错过邮递员的铃，打开却是空的。我最怕它空空洞洞冷冷清清的样子。我的院墙高，门也高，阳光跨不进来，外边世界的兴衰枯荣常常由它告我；打开信箱，里边有时几团柳絮几片落花几个干卷的叶子，还有洁白的雪深暗的雨点。它们是从投信孔钻进来的。有时随着开门的气流，几朵蒲公英的种子"噗"地毛茸茸地扑在脸上，然后飘飘摇摇飞升，在高高的阳光里闪着，有如银羽。目光便随它投向淡淡的天，亮的云。春天也到达我塞外朋友那里了吧，我陷入一片温馨的痴想……

它是拿几块木板草草钉上的，没涂漆，日晒雨淋，到处开裂，但没有任何箱子比它盛得更多。

它是我生活的一部分，也就是我心的一部分。

用心生活是累人的，但唯此才幸福。

大灾难把我这部分扯去。信箱的门儿叫一个无知的孩子掰掉。箱子的四边像个方木框残留那里。一连几个月等不到邮递员铃的召唤，朋友们的命运都会碰到什么？

我这才懂得，心不相连人极远。

它空在那儿，似乎比我还空。

可是……奇迹出现了。一天天暮，夕阳打投信孔照进来。我院子头一次有阳光。先是在长条形洞孔迷蒙灿烂地流连一会儿，便落到墙角，向例最暗最潮最阴冷的地方，把满地青苔照得鲜碧如洗，俯下身看，好像一片清晰雨后的草原，极美。随后这光就沿着墙根一条砖一条砖往上爬，直爬到第五条砖，停住，几只蚂蚁也停在那里默默享受这世界最后的暖意和光明。不知不觉这光变得渐细渐淡直到无声无息地熄灭。整个信箱变成一块方形的黑影。盯着它看，就会一直走进空无一物的宇宙。

蜘蛛开始在信箱里拉网了，上下左右，横来斜去，它们何以这样放胆在这儿安家？天一凉，秋叶钻进来，落在蛛网上。金色的船，银色的渔网，一层网一层船，原来寂寞也会创造诗。诗人从来不会创造寂寞。

忽然一天，"叮叮"，我心一亮，邮递员，信！

跑出去，远远就见白白的一封信稳稳竖在箱中。过去一捏，厚厚的，千言万语，一个几次梦到的朋友寄来的。一拿，却有股微微的力往回扯，是黏黏带点韧劲的蛛丝。再拉，蛛丝没断却拉得又长又直，极亮，还微微抖颤，上边船形的黄叶子全在一斜一直、一直一斜来回扭动。一如五线谱上甜蜜的旋律，无声地响起来……

　　昨夜我忽然梦到这许久以前的情景，一条条长长亮闪闪的蛛丝，来回扭动的黄叶子，我梦得好逼真，连拉蛛丝时那股子韧劲都感觉到了。心里有点奇怪，可我断言这是我有生以来最美的一个梦境。

1986 年 12 月 30 日　天津

马年的滋味

龙年颂龙，猴年夸猴，牛年赞牛，马年呢？友人说，你脱脱俗套说点真实的吧，你属马，也最知马年的滋味。

我回头一看，倏忽已过了五个马年。咀嚼一下，每个本命年的滋味竟然全不一样。

我的第一个马年是一九四二年，我出生。本来母亲先怀一个孩子，不料小产了，不久就怀上我，倘若那孩子——据说也是个男孩子"地位稳固"，便不会有我。我的出生乃是一种幸中之幸。第一个马年里我一落地，就是匹幸运之马。

第二个马年是一九五四年，我十二岁。这一年天下太平。世界上没有大战争，吾国没有政治运动。我一家人没病没灾没祸没有意外的不幸。今天回忆起那个马年来，每一天都是笑容。我则无忧无虑地踢球、钓鱼、捉蟋蟀、爬房、画画、钻到对门大院内去偷摘苹果。并且第一次感觉到邻桌的女孩有种动人的香味。这个马年我是快乐之马。

第三个马年是一九六六年，我二十四岁。这年大地变成大海。黑风白浪，翻天覆地。我的家被红卫兵占领四十天，占领者每人执一木棒或铁棍，将我的一切，包括我的理想与梦想全都淋漓尽致地捣个粉碎。那一年我看到了生活的反面，人的负面，并发现只有漆黑的夜里才是最安全的。我还有三分钟的精神错乱。这一马年我是受难之马。

第四个马年是一九七八年，我三十六岁。这一年我住在北京的人民文学出版社里写小说。第一次拿到了散发着油墨香味的自己的书《义和拳》。但我真正走进文学还是因为投入了当时思想解放的洪流。到处参加座谈会，每个会都是激情洋溢，人人发言都有耀眼的火花。那是个热血沸腾的时代。作家们都为自己的思想而写作。我"胆大妄为"地写了伤痕文学《铺花的歧路》。这小说原名叫《创伤》，由于书稿在人民文学出版社引起激烈争论，误了发表，而卢新华的《伤痕》出来了，便改名为《铺花的歧路》。这情况直到十一月才有转机。一是由于茅盾先生表示对我的支持，二是被李小林要走，拿到刚刚复刊的《收获》上发表。我便一下子站到当时文学的"风口浪尖"上。这一马年对于我，是从挣扎之马到脱缰之马。

第五个马年是一九九〇年，我四十八岁。我的创作出现困顿，无人解惑，便暂停了写作。打算理一理自己的脑袋，再走下边的路。在迷惘与焦灼中重拾画笔，却意外地开始了阔别久矣的绘画生涯。世人不知我的"前身"为画家，吃惊于我；我却不知这些年竟积累如此深厚的人生感受，万般情境，挥笔即来，我也吃惊于自己。在艺术创作中最美好的感觉莫过于叫自己吃惊。于是发现，稿纸之外还有一片无涯的天地，心情随之豁然。这一年的我，可谓突围之马。

回首五个马年才知，这马年的滋味，酸甜苦辣，驳杂种种。何况本命年只是人生的驿站。各站之间长长的十二年的征程中，还有说不尽的曲折婉转。我不知别人的本命马年是何滋味，反正人生况味，都是五味俱全。五味之中，苦味为首。那么，在这个将至的马年里，我这匹马又该如何？

　　前几天，请友人治印两方，皆属闲文。一方是"一甲子"，一方是"老骥"。这"老骥"二字，不过是乘一时之兴，借用曹操的诗，以寓志在千里罢了。可是反过来，我又笑自己不肯甘守寂寞，总用种种近忧远虑来折磨自己。看来这一年我注定是奔波之马了？

庚辰腊月二十八

白 发

人生入秋，便开始被友人指着脑袋说：

"呀，你怎么也有白发了？"

听罢笑而不答。偶尔笑答一句："因为头发里的色素都跑到稿纸上去了。"

就这样，嘻嘻哈哈、糊里糊涂地翻过了生命的山脊，开始渐渐下坡来。或者再努力，往上登一登。

对镜看白发，有时也会认真起来：这白发中的第一根是何时出现的？为了什么？思绪往往会超越时空，一下子回到了少年时——那次同母亲聊天，母亲背窗而坐，窗子敞着，微风无声地轻轻掀动母亲的头发，忽见母亲的一根头发被吹立起来，在夕照里竟然银亮银亮，是一根白发！这根细细的白发在风里柔弱摇曳，却不肯倒下，好似对我召唤。我第一次看见母亲的白发，第一次强烈地感受到母亲也会老，这是多可怕的事啊！我禁不住过去扑在母亲怀里。母亲不知出了什么事，问我，用力想托我起来，我却紧紧抱住母亲，好似生怕她离去……事后，我一直没有告诉母亲这究竟为了什么。最浓烈的感情难以表达出来，最脆弱的感情只能珍藏在自己心里。如今，母亲已是满头白发，但初见她白发的感受却深刻难忘。那种人生感，那种凄然，那种无可奈何，正像我们无法把地上的落叶抛回树枝上去……

当妻子把一小酒盅染发剂和一枝扁头油画笔拿到我面前，叫我帮她染发，我心里一动，怎么，我们这一代生命的森林也开始落叶了？我瞥一眼她的头发，笑道："不过两三根白头发，也要这样小题大做？"可是待我用手指撩开她的头发，我惊讶了，在这黑黑的头发里怎么会埋藏这么多的白发！我竟如此粗心大意，至今才发现才看到。也正是由于这样多的白发，才迫使她动用这遮掩青春衰退的颜色。可是她明明一头乌黑而清香的秀发呀，究竟怎样一根根悄悄变白的？是在我不停歇的忙忙碌碌中、侃侃而谈中、还是在不舍昼夜地埋头写作中？是那些年在大地震后寄人篱下的茹苦含辛的生活所致？是为了我那次重病内心焦虑而催白的？还是那件事……几乎伤透了她的心，一夜间骤然生出这么多白发？

黑发如同绿草，白发犹如枯草；黑发像绿草那样散发着生命诱人的气息，白发却像枯草那样晃动着刺目的、凄凉的、枯竭的颜色。我怎样做才能还给她一如当年那一头美丽的黑发？我急于把她所有变白的头发染黑。她却说：

"你是不是把染发剂滴在我头顶上了？"

我一怔。赶忙用眼皮噙住泪水，不叫它再滴落下来。

一次，我把剩下的染发剂交给她，请她也给我的头发染一染。这一染，居然年轻许多！谁说时光难返，谁说青春难再，就这样我也加入了用染发剂追回岁月的行列。谁知染发是件愈来愈艰难的事情。不仅日日增多的白发需要加工，而且这时才知道，白发并不是由黑发变的，它们是从走向衰老的生命深处滋生出来的。当染过的头发看上去一片乌黑青黛，它们的根部又齐刷刷冒出一茬雪白。任你怎样去染，去遮盖，它还是茬茬涌现。人生的秋天和大自然的春天一样顽强。挡不住的白发呵！

开始时精心细染，不肯漏掉一根。但事情忙起来，没有闲暇染发，只好任由它花白。染又麻烦，不染难看，渐而成了负担。

这日，邻家一位老者来访。这老者阅历深，博学，又健朗，鹤发童颜，很有神采。他进屋，正坐在阳光里。一个画面令我震惊——他不单头发通白，连胡须眉毛也一概全白；在强光的照耀下，蓬松柔和，光明透彻，亮如银丝，竟没有一根灰黑色，真是美极了！我禁不住说，将来我也修炼出您这一头漂亮潇洒的白发就好了，现在的我，染和不染，成了两难。老者听了，朗声大笑，然后对我说：

"小老弟，你挺明白的人，怎么在白发面前糊涂了？孩童有稚嫩的美，青年有健旺的美，你有中年成熟的美，我有老来冲淡自如的美。这就像大自然的四季——春天葱茏，夏天繁盛，秋天斑斓，冬天纯净。各有各的美感，各有各的优势，谁也不必羡慕谁，更不能模仿谁，模仿必累，勉强更累。人的事，生而尽其动，死而尽其静。听其自然，对！所谓听其自然，就是到什么季节享受什么季节。哎，我这话不知对你有没有用，小老弟？"

我听罢，顿觉地阔天宽，心情快活。摆一摆脑袋，头上花发来回一晃，宛如摇动一片秋光中的芦花。

1995 年 2 月 2 日

金婚有感

今年的元旦对我有点特殊——是我的金婚日。

很久很久之前有人对我说：

"你见到的长辈们正在经过的事，最终一件件也会发生在你自己身上。"

这话真的很对，一件件全应验了，结婚，生子，搬家，升迁，祸福；然后是儿子结婚生子。再有便是逢五逢十过生日，逢五逢十过结婚纪念日，却不曾想过"金婚"。今天，我和妻子居然迎来了"金婚"的日子。

记得上世纪八十年代去看冰心老人，那天老人穿一身缎料制的新衣，十分光鲜，满面笑容；屋里放了香气四溢的盆花，还有一幅黄永玉先生赠送的大幅中堂，画着一树红梅，繁花满纸，更添喜气。冰心的先生吴文藻也是一身新装，不过式样古板一些。待问方知，原来那天是冰心和吴文藻的金婚。那时不知何为"金婚"，再问才知金婚是两个人整整半个世纪的携手相伴。那时我还年轻，心想多么遥远漫长的人生之路，多么长久相依为命的夫妻，才能共同迎来金婚？五十年间的朋友可以断断续续，时远时近，五十年的夫妻却需要天天实实在在生活在一起。什么力量使他们半个世纪不离不弃，怎么才能真正做到"执子之手，与子偕老"？那次拜访，使我对他们多了一层敬意。这敬意缘自他们彼此忠贞不渝的情感。

有人说这是一种持久的坚守。情感也需要坚守吗？人生的事没有体验不能做出回答。

如今我们也站在人生旅途中"金婚"这个驿站上。

我对自己金婚最鲜明的感觉首先是惊奇。

我们怎么这么快就到达这里，我们是飞来的吗？如今，我们不是和半个世纪以前一样说说笑笑吗？对生活与艺术的兴趣不是一点未减吗？过去的岁月只不过像堆在了昨天那样——为什么？是因为我们曾经的生活多经磨砺而不愿回头，还是我们天性总生活在希望里，所以不太在乎昨天？都不是。

不久前，我刚写过一部自传性的作品《无路可逃》。我用美国摄影写实主义画家怀斯那种苛刻地追求客观的手法，再现我所经历的崎岖、艰辛以及种种心灵的感受。那时真感觉岁月有种失去尽头般的漫长。然而今天看来，生活不管在当时多么漫长，过后都会变得十分短暂。因为，人生最终会将其中平庸的日子抽掉，留给你的只是一个生命的梗概而已。

但生命的梗概可不是一串干巴巴的概念。它是活生生沉重的负荷、艰辛、险阻，甚至劫难——包括唐山大地震时房倒屋塌——我们都尝受过了。只有尝过，经受过，背负过，并一直相携、相助、相互砥砺，还有相互的宽容和理解，才能共同走到今天，才懂得人生的分量与意义，才知道为什么五十年的婚姻叫作金婚。

金子是炼出来的。然而金婚是怎么炼出来的？

金婚是人生稀有的果实。每一个金婚都是一个奇特的故事。有人问我，会不会把它写下来？我说不会。人生有些事要讲出来，有些事还是放在心里好。然而，我们会用各个时期有特殊意义的照片编一本私人化图集。我想用它构建自己过往的时光隧道，然后走进时光隧道重新认知一下自己。人只有自己的经历才是真正属于自己的。这样做，还为了一种纪念，也是为了一种再现和重温，同时给自己的亲朋好友看看，共享我们的此时此刻。

我喜欢在人生每一个重要的节点上，过得"深"一些，在记忆中刻下一个印记。让生命多一点纵向的东西；这因为前面还有路要走，可能路还挺长，还有曲折。我们想让未来听取过去的告诫。

那么，这个加上"金婚"标注的元旦之日该怎么过呢？按照我们五十年来的一个老习惯，在每一个重要的结婚纪念日里，共同合作一幅画吧。于是元旦这天我们又画了一幅，题目就叫《金婚》，还题诗在上边：

岁月如水入墨池，
此中滋味几人知，
相许一生风雨里，
光华自在金婚时。

2017 年 1 月 3 日

老母为我"扎红"带

今年是马年，我的本命年，又该扎红腰带了。

在古老的传统中，本命年又称"槛儿年"，本命年扎红腰带——俗称扎红，就是顺顺当当"过槛儿"，寄寓着避邪趋吉的心愿。故而每到本命年，母亲都要亲手为我"扎红"。记得十二年前我甲子岁，母亲已八十六岁，却早早为我准备好了红腰带，除夕那天，亲手为我扎在腰上。那一刻，母亲笑着、我笑着、屋内他人也笑着，我心里深深地感动。所有孩子自出生一刻，母亲最大的心愿莫过于孩子的健康与平安，这心愿一直伴随着孩子的成长而执着不灭；而我竟有如此宏福，六十岁还能感受到母亲这种天性和深挚的爱。一时心涌激情，对母亲说，待我十二年后，还要她再为我扎红，母亲当然知道我这话里边的含意，笑嘻嘻连连说一个字：好好好。

十二年过去，我的第六个本命年来到，如今七十二岁了。

母亲呢？真棒！她信守诺言，九十八岁寿星般的高龄，依然健康，面无深皱，皮肤和雪白的发丝泛着光亮；最叫我高兴的是她头脑仍旧明晰和富于觉察力，情感也一直那样丰富又敏感，从来没有衰退过。而且，今年一入腊月就告诉我，已经预备了红腰带，要在除夕那天亲手给我扎在腰上，还说这次腰带上的花儿由她自己来绣。她为什么刻意自己来绣？她眼睛的玻璃体有点小问题，还能绣吗？她执意要把深心的一种祝愿，一针针地绣入这传说能够保佑平安的腰带中吗？

于是在除夕这天，我要来体验七十人生少有的一种幸福——由老母来给扎红了。

母亲郑重地从柜里拿出一条折得分外齐整的鲜红的布腰带，打开给我看；一端——终于揭晓了——是母亲亲手用黄线绣成的四个字"马年大吉"。竖排的四个字，笔画规整，横平竖直，每个针脚都很清晰。这是母亲绣的吗？母亲抬头看着我说："你看绣得行吗，我写好了字，开始总绣不好，太久不绣了，眼看不准手也不准，拆了三次绣了三次，马字下边四个点儿间距总摆不匀，现在这样还可以吧。"我感觉此刻任何语言都无力于心情的表达。妹妹告我，她还换了一次线呢，开头用的是粉红色的线，觉得不显眼，便换成了黄线。妹妹笑对母亲说，你要是再拆再绣，布就扎破了。什么力量使她克制着眼睛里发浑的玻璃体，顽强地使每一针都依从心意、不含糊地绣下去？

母亲为我扎红时十分认真。她两手执带绕过我的腰时，只说一句："你的腰好粗呵。"随后调整带面，正面朝外，再把带子两端会集到腰前正中，拉紧拉直；结扣时更是着意要像蝴蝶结那样好看，并把带端的字露在表面。她做得一丝不苟，庄重不阿，有一种仪式感，叫我感受到这一古老风俗里有一种对生命的敬畏，还有世世代代对传衍的郑重。

我比母亲身高出一头还多，低头正好看着她的头顶，她稀疏的白发中间，露出光亮的头皮，就像我们从干涸的秋水看得了洁净的河床。母亲真的老了，尽管我坚信自己有很强的能力，却无力使母亲重返往昔的生活——母亲年轻时种种明亮光鲜的形象就像看过的美丽的电影片段那样仍在我的记忆里。

然而此刻，我并没有陷入伤感。因为，活生生的生活证明着，我现在仍然拥有着人间最珍贵的母爱。我鬓角花白却依然是一个孩子，还在被母亲呵护着。而此刻，这种天性的母爱的执着、纯粹、深切、祝愿，全被一针针绣在红带上，温暖而有力地扎在我的腰间。

感谢母亲长寿，叫我们兄弟姐妹们一直有一个仍由母亲当家的家；在远方工作的手足每逢年时依然能够其乐融融地回家过年，享受那种来自童年的深远而常在的情味，也享受着自己一种美好的人生情感的表达——孝顺。

孝，是中国作为人的准则的一个字。是一种缀满果实的树对根的敬意，是万物对大地的感恩，也是人性的回报和回报的人性。

我相信，人生的幸福最终还来自自己的心灵。

此刻，心中更有一个祈望，让母亲再给我扎一次红腰带。

这想法有点神奇吗？不，人活着，什么美好的事都有可能。

2014 年 2 月 11 日

母亲百岁记

留在昔时中国人记忆里的，总有一个挂在脖子上小小而好看的长命锁。那是长辈请人用纯银打制的，锁下边坠着一些精巧的小铃，锁上边刻着四个字：长命百岁。这四个字是世世代代以来对一个新生儿最美好的祝福，一种极致的吉祥话语，一种遥不可及的人间向往，然而从来没想到它能在我亲人的身上实现。天竟赐我这样的洪福！

天下有多少人能活到三位数？谁能叫自己的生命装进去整整一个世纪的岁久年长？

我骄傲地说——我的母亲！

过去，我不曾有过母亲百岁的奢望。但是在母亲过九十岁生日的时候，我萌生出这种浪漫的痴望。太美好的想法总是伴随着隐隐的担忧。我和家人们嘴里全不说，却都分外用心照料她，心照不宣地为她的百岁目标使劲了。我的兄弟姐妹多，大家各尽其心，又都彼此合力，第三代的孙男娣女也加入进来。特别是母亲患病时，那是我们必需一起迎接的挑战。每逢此时我们就像一支训练有素的球队，凭着默契的配合和倾力倾情，赢下一场场"赛事"。母亲经多磨难，父亲离去后，更加多愁善感；多年来为母亲消解心结已是我们每个人都擅长的事。我无法知道这些年为了母亲的快乐与健康，我们手足之间反反复复通了多少电话。

然而近年来，每当母亲生日我们笑呵呵聚在一起时，也都是满头花发。小弟已七十，大姐都八十了。可是在母亲面前，我们永远是孩子。人只有到了岁数大了，才会知道做孩子的感觉多珍贵多温馨。谁能像我这样，七十五岁了还是儿子；还有身在一棵大树下的感觉，有故乡故土和家的感觉；还能闻到只有母亲身上才有的深挚的气息。

人生很奇特。你小时候，母亲照料你保护你，每当有外人敲门，母亲便会起身去开门，绝不会叫你去。可是等到你成长起来，母亲老了，再有外人敲门时，去开门的一定是你；该轮到你来呵护母亲了，人间的角色自然而然地发生转变，这就是美好的人伦与人伦的美好。母亲从九十一、九十二、九十三……一步步向前走。一种奇异的感觉出现了，我似乎觉得母亲愈来愈像我的女儿，我要把她放在手心里，我要保护她，叫她实现自古以来人间最瑰丽的梦想——长命百岁！

母亲住在弟弟的家。我每周二、五下班之后一定要去看她，雷打不动。母亲知我忙，怕我担心她的身体，这一天她都会提前洗脸擦油，拢拢头发，提起精神来，给我看。母亲兴趣多多，喜欢我带来的天南地北的消息，我笑她"心怀天下"。她还是个微信老手，天天将亲友们发给她的美丽的图片和有趣的视频转发他人。有时我在外地开会时，会忽然收到她微信："儿子，你累吗？"可是，我在与她一边聊天时，还是要多方"刺探"她身体存在哪些小问题和小不适，我要尽快为她消除。我明白，保障她的身体健康是我首要的事。就这样，那个浪漫又遥远的百岁的目标渐渐进入眼帘了。

到了去年，母亲九十九周岁。她身体很好，身体也有力量，想象力依然活跃，我开始设想来年如何为她庆寿时，她忽说："我明年不过生日了，后年我过一百零一岁。"我先是不解，后来才明白，"百岁"这个日子确实太辉煌，她把它看成一道高高的门槛了，就像跳高运动员面对的横杆。我知道，这是她本能地对生命的一种畏惧，又是一种渴望。于是我与兄弟姐妹们说好，不再对她说百岁生日，不给她压力，等到了百岁那天来到自然就要庆贺了。可是我自己的心里也生出了一种担心——怕她在生日前生病。

然而，担心变成了现实，就在她生日前的两个月突然丹毒袭体，来势极猛，发冷发烧，小腿红肿得发亮，这便赶紧送进医院，打针输液，病情刚刚好转，旋又复发，再次入院，直到生日前三日才出院，虽然病魔赶走，然而一连五十天输液吃药，伤了胃口，变得体弱神衰，无法庆贺寿辰。于是兄弟姐妹大家商定，百岁这天，轮流去向她祝贺生日，说说话，稍坐即离，不叫她劳累。午餐时，只由我和爱人、弟弟，陪她吃寿面。我们相约依照传统，待到母亲身体康复后，一家老小再为她好好补寿。

尽管在这百年难逢的日子里，这样做尴尬又难堪，不能尽大喜之兴，不能让这人间盛事如花般盛开，但是今天——

母亲已经站在这里——站在生命长途上一个用金子搭成的驿站上了。一百年漫长又崎岖的路已然记载在她生命的行程里。她真了不起，一步跨进了自己的新世纪。此时此刻我却仍然觉得像是在一种神奇和发光的梦里。

故而，我们没有华庭盛筵，没有四世同堂，只有一张小桌，几个适合母亲口味的家常小菜，一碗用木耳、面筋、鸡蛋和少许嫩肉烧成的拌卤，一点点红酒，无限温馨地为母亲举杯祝贺。母亲今天没有梳妆，不能拍照留念，我只能把眼前如此珍贵的画面记在心里。母亲还是有些衰弱，只吃了七八根面条，一点绿色的菠菜，饮小半口酒。但能与母亲长久相伴下去就是儿辈莫大的幸福了。我相信世间很多人内心深处都有这句话。

此刻，我愿意把此情此景告诉给我所有的朋友与熟人，这才是一件可以和朋友们共享的人间的幸福。

2017 年 9 月 23 日

我的一个奇迹

一

我的一个奇迹直到今天才发现，我的这个奇迹非要到今天才能发现，这就是我的一辈子都生活在一个城市——天津。我从未离开过天津。我把一生的起承转合、喜怒哀乐、所有的各种颜色的日子都放在自己这个城市里。这样的人生有何特别之处？

大部分作家至迟到了青年时代就背井离乡了。他们外出求学，或谋生闯荡，大多是在经多磨难，对社会人生深有感悟，才拿起笔来成为作家。这样的例子古今中外比比皆是。我则不同，我从出生、童年、少年、求学、工作、初恋，到后来的婚姻、就业、生子、交友、生病、丧父、迁徙、转业，还有种种顺逆与祸福，种种急转弯和不期而遇，都在这座城市里。相比那些攥着一支笔走南闯北甚至浪迹天涯的作家，我几乎是站在原地一动没动。我的人生没有变换过场景。我是一个没完没了的独幕剧中的主角。然而这样原地不动，日复一日，我的人生会不会空间有限或器局狭小？我笔管里的"生活"是不是早就该枯竭了？

单凭感觉来说，我对自己的城市过于熟悉，有如对自己的家庭。无论把我放在这座城市里的任何地方都不会迷失。相反，许许多多冷僻的城市角落反而都给我留有深刻的记忆，无论是时代性的烙印还是隐私。我人生大部分时间是在生活深邃的皱折里。对于我，这里才有生活真正的精髓。每每在街头听人说话，那声音就像听家人说话一样。我的很多难忘的故事是和某一个街名混在一起的。城中的老巷老屋老树老墙，就像我家里的老物件，与我差不多已经融为一体了。我认识的各种各样的人——那些不能忘却和已经忘掉了的人，像群鸟一样散布在熙熙攘攘的市廛与万家灯火之中。老熟人们想见就见，老房子不时出现在眼前。即使不见它们，它们也在身边，这让人感到一种温情一种熨帖一种踏实。这样的城市何处还有？什么样的城市可以替代我的天津？

　　一次偶然碰到一个小学时的同学。太久未见他分外热情，但我完全不记得他的名字。这使他显得有点突兀和莽撞，那一瞬间我们都有点尴尬。他为了证实自己确实是我的老同学，一口气讲了四五段我们同学时天真无邪和意趣横生的往事。他讲得真切无疑，而且无比亲切，我却完全不记得了。由此我明白，自己过往的人生，并没消失，而是有声有色保存在与我们共同生活过的人那里，保存在自己的城市空间里。如果对它用心，一定能找回不少自己生命留下来的美好和深情的足迹。

　　我在天津一共搬过十次家。搬家的原因各不相同。搬家的感受也全不一样，有甜有苦，有大喜有大悲。可能由于我出身于画画，过往生活留给我的总是一些画面。这些画面里往日极其逼真的景象、鲜活的形象、珍贵的细节，可以时光倒流般地唤醒沉睡的记忆。比如父母与妻儿不同时期的模样，过世好友曾经的面容，救助过我的贵人并让我动容的那一瞬……还有昨天、前天、消逝而远去的岁月中的那些美好的画面。这些画面都离不开我住过的老房子，离不开我那些独特和独有的生活空间。城市深情地为我留下了历史。

但是，我有一种奇怪的心理：我在自己城市里最不想去的地方，又常常是以前生活过的某一座老房子。我说不清这是一种什么心理。是一种心理障碍吗？是由于一种不能承受的历史之重？

历史是沉淀下的生活，是沉重的。然而，这沉重不一定都是苦难，往往是一种百感交集。

二

我国地势西高东低，水往低走，所以江河东流，泻入大海。这些由西向东的河流是自然的河流；而南北向的河流，多是人开凿的运河；运河之所以伟大，是它们把大地上自然的由西向东的河流，南北贯穿起来。于是四面八方，全部疏通，宛如一张闪闪发光的巨网覆盖了神州大地。

在这张巨网的每一个枢纽处都有一座城市。

古人邻水而居，择水而憩，其实世界的名城的诞生大多源于一条江河。可以说所有城市都是由一条江河养育起来的，而我的城市天津则是凭借着五条大河而生。这中间有自然的河流，也有运河；天津是京杭大运河的北端。

五条大河，汇成海河，波光粼粼，倾入渤海。一片浩无际涯的放纵人的情怀的蔚蓝色是我的城市东边的极地。

如果从海上瞭望我的城市，辄是一个散发着浓郁的千古不变的东方乡土气息的田园，一个帆樯如林的北方最大的漕运码头，一个充满活力又平静的古城；可是，它又是一个由外部世界最快捷地抵达京都紫禁城的登陆地。这是它天生的幸运，也是命定的不幸。因而，自从十九世纪中叶，它便成了中西之间兵戎相见的交恶之地。

我想，我曾经一代城市的祖先，一定不明白为什么那么多金发碧眼的洋人突如其来，有如天降；不知道自己惹下怎样的"天怒"而在1900年惨遭灭绝性的屠城。历史总是任凭后世的嘴巴纷说，现实只能由小百姓去经受。如今谁还会记得那一代小百姓亲身的感受？人们一边把历史所有的过错一股脑地都甩给"盲目仇外"的义和团；一边想方设法把旧租界奇形怪状的小洋楼开发为能够生财的旅游打卡地。

我承认，我对城市的历史情感是沉重的。

谁来弄清历史的是是非非？

城市对于我，不是一个单纯干活吃饭的地方。这可能由于我不是外来的打工仔，这里是生我养我的地方。它像母亲，我从它的生命中诞生出来。我感受到它如巢一般的温暖、柔软、亲昵。我能闻到它醉人的生命气味，能听到它血液流动的声音。

我的生命里记着它一天天从早到晚小贩们穿街而过的各种吆喝声，夜间由远处传来的沉闷又悠长的火车或轮船的鸣笛声，街头急雨般自行车的铃声，大年三十子午交时连天的鞭炮声，还有风声、雨声、雷声和窸窸窣窣的落雪声。这里所有的人对于我都有一种近乎亲人的感觉。我出生在和平区新华路临街的一座小楼里。这小楼是一座私人产院，为我接生的是一位名叫邓志恩的女医生。她留学日本，医术很好。产房在医院三楼。由街上仰头看，大面的玻璃窗映照着蓝天白云。据母亲说，我出生的当夜风雨大作，狂风吹开窗，冷雨浇进来，而且窗子单薄，玻璃大，我睡的摇篮床就在窗下。母亲丝毫没有犹豫，勇敢地扑过去把随时可能撞碎的窗子关上，表现出年轻母亲的一种本能。

这个细节使这幢红灰相间、普普通通的砖房在我眼里有一种异样的神奇。这里是我生命的原点。

故乡有一种神奇感。你的父辈甚至祖先的故事都在那里。再有，便是童年天真无邪的生活。等到我们入世愈深，就会愈怀念自己儿时的率真与无忧无虑；我们离昨天愈远，愈清楚无法再回到过去。然而昨天的时光被故乡、故里、故居、故人收藏着；它们的保存方式是无言的、缄默的、含而不露的，等着你去叩问。

成长于天津的人，一定是在浓得化不开的民俗氛围里生根、发芽、长大。中国的大城市很少有如此密集的民俗。

天津城市文化不是精英文化，而是一种市井的生活文化。人们酷爱丰饶的吃穿，妙趣横生的言谈话语，温暖亲和的风习，自娱自乐的生活文化。正像北京人爱说老舍，上海人爱讲周璇和张爱玲，天津人爱谈马三立和骆玉笙。

天津人把每一个民俗的日子里该吃什么穿什么玩什么这些繁缛的小事叫作"妈妈例儿"。这里说的"妈妈"就是女人，因为日常生活的事向来都由女人做主，习俗都是由女人张罗。由她们嘴里念叨着，尽职尽责操弄着，不差分毫。然而，民俗不是谁规定的，更不是强迫的，一切顺由百姓的心愿。百姓要用种种习俗，使自己的生活多些讲究，多些仪式，多些说道，多些滋味，于是各种惹人喜爱的乡土艺术到时候自然都会派上用场。而我对乡土文化与艺术的热爱似乎是我与生俱来的。从写作上看，它是我小说的资源；从精神上看，它是我后来做遗产保护秉执的文化立场。

它也是我与这个城市不离不弃的一个深在的秘密，一种精神情感的秘密。

乡土艺术是一方水土独有的花。它们是从土地深处开出来的，更是从这地方人们的心中开出来的。因此，它们夺目地张扬人们的生活情感与热望，也迷人地表达本地特有的审美气质。精英文化显示个人精神，民间文化表现地域特征。鲁迅不代表绍兴文化，绍兴戏才代表绍兴文化。只有真正爱上这个城市特有的文化，才与这个城市的灵魂神交。

为此，二十岁出头，远远在我写小说之前，我竟然开始用笔对城市本土文化——年画、泥塑、剪纸、风筝、砖雕、木雕等等做田野的调查、记录和文化整理。没人叫我这样做，我自己要做。没人教我怎么做，全凭个人摸索。比如，那时城市的老建筑已经过时不建了，曾经辉煌一时的砖雕被人冷落乃至遗弃。我便骑上一辆破旧的飞鸽牌自行车，背一架相机，把散落于城市各处的砖雕普查一尽。这是不是我最早或最初的遗产抢救？可那时还没有"文化遗产"这个概念呢。我的行动完全出于热爱。一种朴素的非功利的纯粹的一厢情愿的乡土情怀。非理性常常是本质的，原发的，生命性的；就像土地里蹿出来的碧绿的草。

三

我的城市对我魅力最大的是老城。

原因是我的城市在世界上绝无仅有，它一半是老城，一半是旧租界地。老城的历史六百年，典型的中国北方本土城市，一切传承有序。租界是 1860 年后西方人在天津城东南硬建起来的一块"殖民地"。列强各国在天津划地自辖，所建房屋都是各国自己的样式。租界中的一切都是由各国搬来。这一分为二的城市，俨然是两个世界。

老城那边地势高，俗称上边；租界这边地势低，俗称下边。老城那边是清一色灰黯和低矮的砖瓦房，租界这边则是高低错落、千奇百怪的小洋楼。老城那边到处是冒着袅袅青烟的大大小小的寺庙，租界这边是响着洪大钟声的尖顶的教堂。我出生并一直生活在旧租界这边。小时候，老城那边穿长衫短褂的多，租界这边穿衬衫制服的多。老城那边都是天津本土的原住民，都说那种语调特别、齿音很重的天津话；租界这边的中国人大多是开埠以来由南方来做洋务和实业的移民，都说国语。辛亥革命那会儿，一个穿西装的人走进老城，会引起围观。我家里若是偶尔来一个客人说天津话，我会特别有兴趣，会站在一旁听，因为天津人说话幽默好玩；他们人人如此，好像说话就是为逗趣的。

最初，老城与租界之间来往不多。我很少去老城，对老城那边的世界充满好奇。这是城市的一半对另一半的好奇。好像男人对女人的好奇。反过来也是如此。这种城市感觉极其特别，很性感。记得我第一次去老城好比出国。那次是随着大人坐着胶皮车从租界去往老城东面香烟氤氲的天后宫去买年货。城市中最大的年货市场一直在宫前大街的广场上。此时，宫内外充满着中国人大年特有的亲切感，丰饶又拥挤，热烈又神奇。我感觉眼睛都被炸开了。这记忆太深刻，我曾一次次把它写进散文与小说里。我在长篇小说《单筒望远镜》中所写的那个法国姑娘莎娜第一次走进老天津时惊艳的感受其实就是我自己的亲历。

青年时代为了谋生，我到老城那边找活干，识得了这块地域里特异的历史、风习、地理、生活、典故，结识了一些形形色色、说天津话、地道的天津人，熟稔了本土百姓的气质、性格、性情、好恶、规矩、讲究和禁忌等等，这对于生长于租界中的我有些异样，但我渐渐喜欢上他们。我不知道他们什么时候进入了我的笔管。等到上世纪八十年代笔头最热时，他们就自然而然地一下子全冒出来了。于是我有了《神鞭》《三寸金莲》《炮打双灯》等等。

因此说，我对天津的认识不同于其他作家写自己的乡土。

我是从租界来看来写老城的。一半是自己写自己的城市，一半像外人写自己的城市。我与老城之间是有距离的。这个距离也可称为"文化的距离"。这是我的优势。站在租界这边，反而可以清清楚楚地看到老城那边的文化风景、本土人的集体性格，以及老天津的形象。站在老城里反倒会视而不见。就像自己看不见自己。

认识一个地域的文化，既要深在其中，又要保持距离。深在其中，得其情感；保持距离，产生理性。正是由于我的城市华洋杂处，土洋各半，我才获得了这样的认知的优势；并由此升华为审美情感，升华出一种文化情感。这种文化情感和审美情感是更深刻的一种情感，它是不是后来我保护她的一种深层的根由？

我称这是一种情怀。

同时，由于我生活的城市是"华洋杂处"，是两个完全不同的文化空间的并存，它直接造就了我写作中的两个"世界"、两种人文景观、两套笔墨、两种审美；一是以《俗世奇人》为代表，一是以《艺术家们》为代表，因使我"与众不同"。

我的城市竟然如此奇特又深刻地影响了我。

四

上世纪九十年代的中国，一种横空出世、惊心动魄的城市景象，便是在建筑的外墙上画一个巨大的圈儿，圈里写一个粗野的"拆"字，再在上边打一个霸气的叉。它赫然入目，处处可见，凶悍蛮横，势不可挡。它是时代性的狂躁，是急切加速更新城市的粗鄙的标志，也是历史建筑的死亡符号。

城市有史以来，一直是线性发展，记忆渐渐叠加，文化不断积累。但这一次是中断性的、颠覆性的、自我终结式的，一切推倒重来，史无前例地要对所有城市进行一次全新的再造。它令我们猝不及防。特别是当这些"拆"字愈来愈多出现在我的城市里，出现在我所深爱的意蕴隽永的城市的文化风景中，我便像被猛地戳了一刀。刀尖扎在我的生命之根上。我仿佛听见一幢幢带着独特记忆与历史美的老房子向我求救。戈登堂拆了，原奥租界拆了，南市拆了，老城全面拆了……我拿出救火的速度也挡不住城改的燎原之势。在我抢救将要覆灭的老街估衣街时，我看到当地原住民拉了几条过街横标，上边用激烈的言辞表达对我的行动的呼应与支持。那一刻，一种火热的东西填满我的胸膛，我感到自己在与城市共命运。

在二十年的文化遗产抢救中，我感觉自己像水一样融入城市中。我喜欢这种融化和融合。这是一种命运与共的融合，精神与情感上的融合。这融化与融合的深处是一种爱，爱的深处是责任。我的文化保护的行为已经本能化了，不必问我，为什么放下笔去从事文化遗产保护。

我分不出，我因写作而更深爱我的城市，还是因文化保护而与我的城市更加共存共生。它们分不开，就像托尔斯泰说的，一辆马车从山坡愈来愈疾地冲下来，是因为马拉着车，还是因为车推动着马呢？

今岁壬寅，是我的伞寿。在这个第八十次"生命的节日"的清晨，我在我的城市里自然醒。春天的阳光静静地将床对面的一只老柜子的一小部分照亮，其他部分还在窗帘遮暗的橄榄绿与深褐色交混的阴影里。我喜欢生活的朴素、单纯、自然、日常、平静。唯有这样的日子才适然，才安宁，才是生活的本色。

故而，我不喜欢过于热闹的套路化的世俗的拜寿。但我一生的交往太多，止不住亲朋好友各种方式的祝贺纷至沓来，渐渐使我落入被感动的情感的旋涡里。

还好，现代人的交流多在手机上。

我只给自己一个特殊的安排。便是在生日当午，去母亲住处，与母亲共享一顿生日午餐。

母亲长我二十五岁，今年她奇迹般地一百零五岁。我要感谢母亲生我，把我养大成人，并一直与我相伴相依，不离不弃，我八十岁还能叫"妈"，还能感受到做儿子的福分；还能在江行千里之外，回过头来，望见生命的源头依旧活力澎湃。

就像我的城市与我一直不曾分离。我和妻子也是青春为伴，穿过半个多世纪岁月的高山深谷，刚刚过了绿宝石婚呢。怎样的情意才如此永恒般地相守？

没有玉盘珍馐，只是寻常百姓的生日面。打卤、松花、五香花生、炸面筋丝；还有天津本地爱吃的肉末炸酱和素菜码——白菜丝、黄瓜丝、胡萝卜丝、芹菜丝、豆芽菜和亮晶晶的蒜瓣。今天母亲的保姆把菜丝切得特别精细；再有便是白水煮面，一点点贺兰山的红酒了。然而这就很好——像一大丛蓬松而清新的野花烘托起生日的欢欣。我说："今天不光是我的日子，是我和您共同的日子。"母亲会意，笑了。举起酒，轻轻与我碰杯。

没有任何人为的隆重的仪式，没有花言巧语，没有刻意营造的欢乐氛围；寻常饭菜，日常衣衫，只是说话都避免怀旧内容，以免母亲感物伤怀。装了一个世纪岁月的生命里，会有多少的感触。重要的人生日子一定要平常过。然而，这样的平淡却不平凡的生日多少人会有，这不是上苍对我的厚爱吗？于是一种宏大的敬畏之情不知怎样表达和向谁表达。

今天还有两个生日活动。一是学校的领导和师生为我庆贺，一是儿子冯宽为我邀来十来位朋友一聚。老朋友们大多结识几十年，彼此笃诚相待，此刻自然全是无拘无束。与师生所谈全是未来，与老友聊的全是人生。这样的生日叫我收获满满。老母、妻子、孩子、老友、年轻人全靠拢身边；过去与将来全在今天汇集。人生最高的境界是无所求，这才叫作福如东海了。偏偏此时，好事又向前跨一大步。

手机上忽传来一个视频，身在北京的好友美林和妻子周建萍在他们的画室商议着，说"今天是大冯的生日，送什么礼物？"。美林说："大冯属马，给他画马吧！"说着说着，心血来潮，说大冯八十岁，我画八十匹马送给他。

美林就是这样的性情中人。他抱来一大摞各色的卡纸，说干就干，激情上来，灵感飚至。手起笔落，一匹匹骏马奔到纸上，它们神情各异，有的雄健，有的骁勇，有的刚烈，有的肥硕，有的俊逸，有的轻盈，渐成一群，而且愈来愈庞大汹涌。美林年长我六岁，干活却像汉子，画累了，建萍就站在他身后捏肩膀。此情此义，谁还有？一个多小时过去，八十匹神骏齐集，打着响鼻，喷着热气，摆头甩尾，站在美林的画室里。美林说，快请"顺丰"送过去，无论如何今晚把它们送到天津！

是夜，津京公路群马奔腾，蹄声嘹亮。

晚上我全家正在吃生日蛋糕，门铃忽响，门一开，八十匹骏骥飘着长鬃站在我家门口。我笑道：

"美林叫我仍像马一样奔腾向前。"

这时忽想，这样美好的生活怎样才能把它记下来。不只是记这些事，还要记下这些珍贵的细节，真切的气氛，亲切动人的感觉，这才是人生最宝贵的。谁给我记？怎么记？它们五光十色地一闪而过，抓不住啊。其实我不必着急，这一切我的城市都帮我记住了，就像它清晰地记着我曾经全部的历史。

只要我们有心，去叩问它，默默与它对话，它都会全部告诉我们。

谁还会对我们这样有心？

我曾在庆祝天津六百年的一次聚会上即兴写了一首诗：

生我养我地，
未了不了情。
世上千般好，
最美是天津。

正因为这样，我对自己的城市总有一种亏欠感，我还要为它再做一些事。为了我爱它，为了叫别人也爱它。

2022 年 7 月 24 日

第三辑

夕照透入书房

我常常在黄昏时分，坐在书房里，享受夕照穿窗而入带来的那一种异样的神奇。

此刻，书房已经暗下来。到处堆放的书籍文稿以及艺术品重重叠叠地隐没在阴影里。

暮时的阳光，已经失去了白日里的咄咄逼人；它变得很温和、很红，好像一种橘色的灯光，不管什么东西给它一照，全都分外地美丽。首先是窗台上那盆已经衰败的藤草，此刻像镀了金一样，蓬勃发光；跟着是书桌上的玻璃灯罩，亮闪闪的，仿佛打开了灯；然后，这一大片橙色的夕照带着窗棂和外边的树影，斑斑驳驳投射在东墙那边一排大书架上。阴影的地方书皆晦暗，光照的地方连书脊上的文字也看得异常分明。《傅雷文集》的书名是烫金的，金灿灿放着光芒，好像在骄傲地说："我可以永存。"

怎样的事物才能真正地永存？阿房宫和华清池都已片瓦不留，李杜的名句和老庄的格言却一字不误地镌刻在每个华人的心里。世上延绵最久的还是非物质的——思想与精神。能够准确地记忆思想的只有文字。所以说，文字是我们的生命。

当夕阳移到我的桌面上，每件案头物品都变得妙不可言。一尊苏格拉底的小雕像隐在暗中，一束细细的光芒从一丛笔杆的缝隙中穿过，停在他的嘴唇之间，似乎想撬开他的嘴巴，听一听这位古希腊的哲人对如今这个混沌而荒谬的商品世界的醒世之言。但他口含夕阳，紧闭着嘴巴，一声不吭。

昨天的哲人只能解释昨天，今天的答案还得来自今人。这样说来，一声不吭的原来是我们自己。

陈放在桌上的一块四方的镇尺最是离奇。这个镇尺是朋友赠送给我的。它是一块纯净的无色玻璃，一条弯着尾巴的小银鱼被铸在玻璃中央。当阳光彻入，玻璃非但没有反光，反而由于纯度过高而消失了，只有那银光闪闪的小鱼悬在空中，无所依傍。它瞪圆眼睛，似乎也感到了一种匪夷所思。

一只蚂蚁从阴影里爬出来，它走到桌面一块阳光前，迟疑不前，几次刚把脑袋伸进夕阳里，又赶紧缩回来。它究竟畏惧这奇异的光明，还是习惯了黑暗？黑暗总是给人一半恐惧，一半安全。

人在黑暗外边感到恐惧，在黑暗里边反倒觉得安全。

夕阳的生命是有限的。它在天边一点点沉落下去，它的光却在我的书房里渐渐升高。短暂的夕照大概知道自己大限在即，它最后抛给人间的光芒最依恋也最夺目。此时，连我的书房的空气也是金红的。定睛细看，空气里浮动的尘埃竟然被它照亮。这些小得肉眼刚刚能看见的颗粒竟被夕阳照得极亮极美，它们在半空中自由、无声和缓缓地游曳着，好像徜徉在宇宙里的星辰。这是唯夕阳才能创造的景象——它能使最平凡的事物变得无比神奇。

在日落前的一瞬，夕阳残照已经挪到我书架最上边的一格。满室皆暗，只有书架上边无限明媚。那里摆着一只河北省白沟的泥公鸡。雪白的身子，彩色翅膀，特大的黑眼睛，威武又神气。这个北方著名的泥玩具之乡，至少有千年的历史，但如今这里已经变为日用小商品的集散地，昔日那些浑朴又迷人的泥狗泥鸡泥人全都了无踪影。可是此刻，这个幸存下来的泥公鸡，不知何故，对着行将熄灭的夕阳张嘴大叫。我的心已经听到它凄厉的哀鸣。这叫声似乎也感动了夕阳。一瞬间，高高站在书架上端的泥公鸡竟被这最后的阳光照耀得夺目和通红，好似燃烧了起来。

2005 年 11 月 28 日

书房花木深

一天忽发奇想，用一堆木头在阳台上搭一座木屋，还将剩余的板条钉了几只方形的木桶，盛满泥土，栽上植物，分别放在房间四角。鲜花罕有，绿叶为多。再摆上几把藤椅，竹几，小桌，两只木筋裸露的老柜子；各类艺术品随心所欲地放置其间。还有一些老东西，如古钟、傩面、钢剑以及拆除老城时从地上拣起的铁皮门牌高高矮矮挂在壁上……最初是想把它作为一间新辟的书房，期待从中获得新的灵感。谁料坐在里边竟写不出东西来。白日里，阳光进来一晒，没有涂油漆松木的味道浓浓地冒出来，与植物的清香混在一起，一种享受生活的欲望被强烈地诱惑出来。享受对于写作人来说是一种腐蚀。它使心灵松弛，握不住手里沉重的笔了。

到了夜间，偏偏我在这书房各个角落装了一些灯。这些灯使所有事物全都陷入半明半暗。明处很美，暗处神秘。如果再打开音响，根本不可能再写作了。

写作是一种与世隔绝的想象之旅，是钻到自己的心里的一种生活，是精神孤独者的文字放纵。在这样的被各种美迷乱了心智的房子里怎么写作呢？因此，我没在这里写过一行字。每有"写"的欲望，仍然回到原先那间胡乱堆满书卷与文稿的书房伏案而作。

渐渐地这间搭在阳台上的木屋成了花房。但得不到我的照顾。我只是在想起给那些植物浇水才提着水壶进去，没时间修葺与收拾。房内四处的花草便自由自在、毫无约束地疯长起来。从云南带回来的田七，张着耳朵大的碧绿的圆叶子，沿着墙面向上爬，像是"攀岩"；几棵年轻又旺足的绿萝已经蹿到房顶，一直钻进灯罩里；最具生气的是窗台那些泥槽里生出的野草，已经把窗子下边一半遮住，窗子上边又被蒲扇状的葵叶黑乎乎地捂住。由窗外射入的日光便给这些浓密的枝叶撕成一束束，静静地斜在屋子当中。一天，两只小麻雀误以为这里是一片天然的树丛，从敞着的窗子唧唧喳喳地飞了进来，使我欣喜之极，我怕惊吓它们，不走进去，它们居然在里边快乐地鸣唱起来了。

一下子，我感受到大自然野性的气质，并感受到大自然的本性乃是绝对的自由自在。我便顺从这个逻辑，只给它们浇水，甚至还浇点营养液，却从不人为地改变它们。于是它们开始创造奇迹——

首先是那些长长的枝蔓在屋子上端织成一道绿盈盈的幔帐。常春藤像长长的瀑布直垂地面，然后在地上愈堆愈高。绿萝是最调皮的，它上上下下胡乱"行走"——从桌子后边钻下去，从藤椅靠背的缝隙中伸出鲜亮的芽儿来。几乎每次我走进这房间，都会惊奇地发现一个画面：一些凋落的粉红色的花瓣落满一座木佛身上；几片黄叶盖住桌上打开的书；一次，我把水杯忘在竹几上，一枝新生的绿蔓从杯柄中穿过，好似一弯娇嫩的手臂挽起我的水杯。于是，在我写作过于劳顿之时，或在画案上挥霍一通水墨之后，便会推开这房间的门儿，撩开密叶纠结的垂幔，独坐其间，让这种自在又松弛的美，平息一下写作时心灵中涌动的风暴。

我开始认识到这间从不用来写作的房间非凡的意义。虽然我不在这里写作，它却是我写作的一部分。

　　我前边说，写作是一种忘我的想象，只有离开写作才回到现实来。这间小屋却告诉我，我的写作常常十分尖刻地切入现实，放下笔坐在这里所享受的反倒是一种理想。

　　我被它折服了。并把这种奇妙的感受告诉一位朋友。朋友笑道："何必把现实与理想分得太清楚呢！其实你们这种人理想与现实从来就是混成一团。你们总不满现实，是因为你们太理想主义。你们的问题是总用理想要求现实，因此你们常常被现实击倒在地，也常常苦恼和无奈。是不是？"

　　朋友的话不错。于是当我坐在这间花木簇拥的木屋中，心里常常会蹦出这么一句话：

　　我们是天生用理想来生活的人！

2006 年 10 月 8 日

作　画

今日早起，神清目朗，心中明亮，绝无一丝冗杂，唯有晨光中小鸟的影子在桌案上轻灵而无声地跳动，于是生出画画的心情。这便将案头的青花笔洗换上清水，取两只宋人白釉小盏，每盏放入姜思序堂特制的轻胶色料十余片，一为花青，一为赭石，使温水浸泡；色沉水底，渐显色泽。跟着，铺展六尺白宣于画案上，以两段实心古竹为镇尺，压住两端。纸是老纸，细润如绸，白晃晃如蒙罩一片月光，只待我来纵情挥洒。

此刻，一边开砚磨墨，一边放一支老柴的钢琴曲。不觉之间，墨的幽香便与略带伤感的乐声融为一体。牵我情思，迷我心魂。恍恍惚惚，一座大山横在面前。这山极是雄美，却又令人绝望。它峰高千丈，不见其顶，巅头全都插入云端。而山体皆陡壁，直上直下，石面光滑，寸草不生，这样的大山谁能登临？连苍鹰也无法飞越！可它不正是我执意要攀登的那种高山吗？

这时，我忽然看见极高极高的绝壁上，竟有一株松树。因远而小，小却精神。躯干挺直，有如钢枪铁杵，钉在坚石之上；枝叶横伸，宛似张臂开怀，立于烟云之中。这兀自一株孤松，怎么能在如此绝境中安身立命，又这般从容？这绝壁上的孤松不是在傲视我，挑战我，呼唤我吗？

不觉间，画兴如风而至，散锋大笔，连墨带水，夹裹着花青赭石，一并奔突纸上。立扫数笔，万山峥嵘；横抹一片，云烟弥漫。行笔用墨之时，将心中对大山的崇仰与敬畏全都倾注其中。没有着意的刻画与经营，也没有片刻的迟疑与停顿，只有抖动笔杆碰撞笔洗与色盏的叮叮当当之声。这是画人独有的音乐。随同这音乐不期而至的是神来之笔和满纸的灵气。待到大山写成，便在危崖绝壁处，以狼毫焦墨去画一株松树——这正是动笔之前的幻境中出现的那棵孤松。于是，将无尽的苍劲的意味运至笔端，以抒写其孤傲不群之态，张扬其大勇和无畏之姿。画完撂笔一看，哪有什么松树，分明一个人站在半山之上，头顶云雾，下临深谷。于是我满心涌动的豪气，俱在画中了。这样的作画不比写一篇文章更加痛快淋漓？

有人问我，为什么有时会停了写作的笔，画起画来。是消遣吗？休闲吗？自娱吗？

我笑而不答，然我心自知。

2005 年 11 月 28 日

《老夫老妻》记

一九八三年，冰心和吴文藻先生金婚纪念日那天，我到冰心家祝贺。老太太新衣新裤，容光焕发，聊天时没有等我问就自动讲起她当年结婚时的情景。她说，和吴文藻度蜜月是在北京西山一个破庙里。那天，她在燕京大学讲完课，换了一件蓝旗袍，把随身用品包了一个小布包，往胳肢窝一夹就去了。到了西山，吴文藻还没来——说到这儿，她笑一笑说："他就这么稀里糊涂。"

她等得时间长了，口渴了，就在不远农户那儿买了几根黄瓜，跑到井旁洗了洗，坐在高高的庙门槛儿上吃，等候新郎吴文藻。直等吴文藻姗姗来迟。他们结婚的那间房是庙后的一间破屋，门都插不牢，晚上屋里经常跑大耗子。桌子有一条腿残了，晃晃荡荡。"这就是我结婚的情景。"说到这儿，她大笑，很快活，弄不清是自嘲，还是在为自己当年的清贫与洒脱而扬扬自得。然后她话锋一转，问道："冯骥才，你怎么结的婚？"我说："我还不如您哪！我是'文革'高潮时结的婚。"老太太一听，便说："那你说说。"

我说，当时我和我未婚妻两家都被抄了。街道赤卫队给我一间几平方米的小屋。结婚那天我和爱人的全家去一小饭馆吃饭。我父亲关在牛棚，母亲的头发被红卫兵铰了，没能去。我把抄家剩下的几件衣服包了一小包儿，放在自行车后衣架上去饭馆，但小包路上掉了，结婚时两手空空（冰心老太太插话说，你也够糊涂的）。因为我俩都是被抄户，在饭馆里不敢声张，更不敢说什么庆祝之类的话，大家压低嗓子说："祝贺你们！"然后不出声地碰了一下杯子。

饭后，我和我爱人结婚就到那小屋去了。屋子中间安一个煤球炉子，床是用三块木板搭的，我捡了一些砖，垒个台子，把木板架在上边。还有一个小破桌；向邻居借了两个凳子，此外再没有什么了。窗子不敢挂窗帘也不敢糊纸，怕人说我们躲在屋里搞反革命名堂。进屋不多会儿，忽然外边大喇叭响起来，我们赶快关了灯。原来楼下有个红卫兵总部，知道楼上有两个狗崽子结婚，便在下边整整闹了一晚上，一个劲儿朝我们窗户打手电，电光就在我们天花板上扫来扫去。我和爱人和衣而卧，我爱人在我怀里整整哆嗦了一个晚上——"这就是我们的新婚之夜。"

冰心老太太听了之后，带着微笑却严肃地说："冯骥才，你别抱怨生活。你们这样的结婚才能永远记得。大鱼大肉的结婚都是大同小异，过后是什么也记不住的。"

我点头说是，并说我画过一幅记载我们那时生活情境的画，画的是大风雪的天气里，两只小鸟互相依偎，相依为命，我还题了一首诗在上边："北山有双鸟，老林风雪时，日日长依依，天寒竟不知。"

这幅画在大地震时埋在废墟里，又被我努力挖掘出来。后来生活好了，偶尔想起过去的日子，还要按这意境再画一幅。我感觉作画时像是重温往事，我很少重复作画，但这幅画却画了好几幅。并重新给它起了名字，叫《老夫老妻》。

当然，老夫老妻的内涵还要深远悠长得多，我还写过一个短篇，题目也叫作《老夫老妻》。

　　所以我认为：绘画有时候也是一种心灵的历史。

1999 年 1 月

遵从生命

一位记者问我：

"你怎样分配写作和作画的时间？"

我说，我从来不分配，只听命于生命的需要，或者说遵从生命。他不明白，我告诉他：

写作时，我被文字淹没。一切想象中的形象和画面，还有情感乃至最细微的感觉，都必须"翻译"成文字符号，都必须寻觅到最恰如其分的文字代号，文字好比一种代用数码。我的脑袋便成了一本厚厚又沉重的字典。渐渐感到，语言不是一种沟通工具，而是交流的隔膜与障碍——一旦把脑袋里的想象与心中的感受化为文字，就很难通过这些文字找到最初那种形象的鲜活状态。同时，我还会被自己组织起来的情节、故事、人物的纠葛，牢牢困住，就像陷入坚硬的石阵中。每每这个时候，我就渴望从这些故事和文字的缝隙中钻出去，奔向绘画……

当我扑到画案前，挥毫把一片淋漓光彩的彩墨泼到纸上，它立即呈现出无穷的形象。莽原大漠，疾雨微霜，浓情淡意，幽思苦绪，一下子立见眼前。无须去搜寻文字，刻意描写，借助于比喻，一切全都有声有色、有光有影地迅速现于腕底。几根线条，带着或兴奋或哀伤或狂愤的情感；一块块水墨，真切切的是期待是缅怀是梦想。那些在文字中只能意会的内涵，在这里却能非常具体地看见。绘画性充满偶然性。愈是意外的艺术效果不期而至，绘画过程愈充满快感。从写作角度看，绘画是一种变幻想为现实、变瞬间为永恒的魔术。在绘画天地里，画家像一个法师，笔扫风至，墨放花开，法力无限，其乐无穷。可是，这样画下去，忽然某个时候会感到，那些难以描绘、难以用可视的形象来传达的事物与感受也要来困扰我。但这时只消撒开画笔，用一句话，就能透其精髓，奇妙又准确地表达出来，于是，我又自然而然地返回了写作。

所以我说，我在写作写到最充分时，便想画画；在作画作到最满足时，即渴望写作。好像爬山爬到峰顶时，纵入水潭游泳；在波浪中耗尽体力，便仰卧在滩头享受日晒与风吹。在树影里吟诗，到阳光里唱歌，站在空谷中呼喊。这是一种随心所欲、任意反复的选择，一种两极的占有，一种甜蜜的往返与运动。而这一切都任凭生命状态的左右，没有安排、计划与理性的支配，这便是我说的：遵从生命。

这位记者听罢惊奇地说，你的自我感觉似乎不错。

我说，为什么不。艺术家浸在艺术里，如同酒鬼泡在酒里，感觉当然良好。

1991 年 12 月　天津

水墨文字

一

兀自飞行的鸟儿常常会令我感动。

在绵绵细雨中的峨眉山谷，我看见过一只黑色的孤鸟。它用力扇动着又湿又沉的翅膀，拨开浓重的雨雾和叠积的烟霭，艰难却直线地飞行着。我想，它这样飞，一定有着非同寻常的目的。它是一只迟归的鸟儿？迷途的鸟儿？它为了保护巢中的雏鸟还是寻觅丢失的伙伴？它扇动的翅膀，缓慢、有力、富于节奏，好像慢镜头里的飞鸟。它身体疲惫而内心顽强。它像一个昂扬而闪亮的音符在低调的旋律中穿行。

我心里忽然涌出一些片段的感觉，一种类似的感觉；那种身体劳顿不堪而内心的火犹然熊熊不息的感觉。

后来我把这只鸟，画在我的一幅画中。

所以我说，绘画是借用最自然的事物来表达最人为的内涵。这也正是文人画的首要的本性。

二

画又是画家作画时的心电图。画中的线全是一种心迹。因为，唯有线条才是直抒胸臆的。

心有柔情，线则缠绵；心有怒气，线也发狂。心境如水时，一条线从笔尖轻轻吐出，如蚕吐丝，又如一串清幽的音色流出短笛。可是你有情勃发，似风骤至，不用你去想怎样运腕操笔，一时间，线条里的情感、力度、乃至速度全发生了变化。

为此，我最爱画树画枝。

在画家眼里树枝全是线条；在文人眼里，树枝无不带着情感。

树枝千姿万态，皆能依情而变。树枝可仰，可俯，可疏，可繁，可争，可倚；唯此，它或轩昂，或忧郁，或激奋，或适然，或坚韧，或依恋……我画一大片木叶凋零而倾倒于泥泞中的树木时，竟然落下泪来。而每一笔斜拖而下的长长的线，都是这种伤感的一次宣泄与加深，以致我竟不知最初缘何动笔？

至于画中的树，我常常把它们当作一个个人物。它们或是一大片肃然站在那里，庄重而阴沉，气势逼人；或是七零八落，有姿有态，各不相同，带着各自不同的心情。有一次，我从画面的森林中发现一棵婆婆而轻盈的小白桦树。它娇小，宁静，含蓄；那叶子稀少的树冠是薄薄的衣衫。作画时我并没有着意地刻画它。但此时，它仿佛从森林中走出来了。我忽然很想把一直藏在心里的一个少女写出来。

三

绘画如同文学一样，作品完成后往往与最初的想象全然不同。作品只是创作过程的结果。而这个过程却充满快感，其乐无穷。这快感包括抒发、宣泄、发现、深化与升华。

绘画比起文学有更多的变数。因为，吸水性极强的宣纸与含着或浓或淡水墨的毛笔接触时，充满了意外与偶然。它在控制之中显露光彩，在控制之外却会现出神奇。在笔锋扫过之地方，本应该浮现出一片沉睡在晨雾中的远滩，可是感觉上却像阳光下摇曳的亮闪闪的荻花，或是一抹在空中散步的闲云？有时笔中的水墨过多过浓，天下的云向下流散，压向大地山川，慢慢地将山顶峰尖黑压压地吞没。它叫我感受到，这是天空对大地惊人的爱！但在动笔之前，并无如此的想象。到底是什么，把我们曾经有过的感受唤起与激发？

是绘画的偶然性。

然而，绘画的偶然必须与我们的心灵碰撞才会转化为一种独特的画面。

绘画过程中总是充满了不断的偶然，忽而出现，忽而消失。就像我们写作中那些想象的明灭，都是一种偶然。感受这种偶然是我们的心灵。将这种偶然变为必然的，是我们敏感又敏锐的心灵。

因为我们是写作人。我们有着过于敏感的内心。我们的心还积攒着庞杂无穷的人生感受。我们无意中的记忆远远多于有意的记忆；我们深藏心中人生的积累永远大于写在稿纸上的有限的素材。但这些记忆无形地拥满心中，日积月累，重重叠叠，谁知道哪一片意外形态的水墨，会勾出一串曾经牵肠挂肚的昨天？

然而，一旦我们捕捉到一个千载难逢的偶然。绘画的工作就是抓住它不放，将它定格，然后去确定它、加强它、深化它。一句话：

艺术就是将瞬间化为永恒。

四

纯画家的作画对象是他人；文人（也就是写作人）作画对象主要是自己。面对自己和满足自己。写作人作画首先是一种自言自语、自我陶醉和自我感动。

因此，写作人的绘画追求精神与情感的感染力；纯画家的绘画崇尚视觉与审美的冲击力。

纯画家追求技术效果和形式感，写作人则把绘画作为一种心灵工具。

五

一阵急雨沙沙有声落在纸上。那是我洒落在纸上的水墨。江中的小舟很快就被这阵濛濛雨雾所遮翳，只有桅杆似隐似现。不能叫这雨过密过紧，吞没一切。于是，一支蘸足清水的羊毫大笔挥去，如一阵风，掀起雨幕的一角，将另一只扁舟清晰地显露出来，连那个头顶竹笠、伫立船头的艄公也看得分外真切。一种混沌中片刻的清明，昏沉里瞬息的清醒。可是，跟着我又将一阵急雨似淋漓的水墨洒落纸上，将这扁舟的船尾遮蔽起来，只留下这瞬息显现的船头与艄公。

我作画的过程就像我上边文字所叙述的过程。我追求这个过程的一切最终全都保留在画面上，并在画面上能够体验到，这就是可叙述性。

写作的叙述是线性的，过程性的，一字一句，不断加入细节，逐步深化。

这里，我的《树后边是太阳》正是这样：大雪后的山野一片洁白，绝无人迹。如果没有阳光，一定寒冽又寂寥。然而，太阳并没有隐遁，它就在树林的后边。虽然看不见它灿烂夺目的本身，但它无比强烈的光芒却穿过树干与枝丫，照射过来，巨大的树影无际无涯地展开，一下子铺满了辽阔的雪原。

于是，一种文学性质需要说明白，就是我这里所说的叙述性。它不属于诗，而属于散文。那么绘画的可叙述也就是绘画的散文化。

六

最能寄情寓意的是大自然的事物。

比如前边所说树枝的线条可以直接抒发情绪。

再比如，这种种情绪还可以注入流水。无论它激扬、倾泻、奔流，还是流淌、潺湲、波澜不惊，全是一时的心绪。一泻万里如同浩荡的胸襟；骤然的狂波好似突变的心境；细碎的涟漪中夹杂着多少放不下的愁思？

至于光，它能使一切事物变得充满生命感，哪怕是逆光中的炊烟，一切逆光的树叶都胜于艳丽的花。这原因，恐怕还是因为一切生命都受惠于太阳，生命的一切物质含着阳光的因子。比如我们迎着太阳闭上眼，便会发现被太阳照透的眼皮里那种血色，通红透明，其美无比。

　　还有秋天的事物。一年四季里，唯有秋天是写不尽也画不尽的。春之萌动与锐气，夏之蓬勃与繁华，冬之萧瑟与寂寥，其实也都包括在秋天里。秋天的前一半衔接着夏天，后一半融入冬天。它本身又是大自然最丰饶的成熟期。故此，秋的本质是矛盾又斑斓，无望与超逸，繁华而短促，伤感而自足。

　　写作人的心境总是百感交集的。比起单纯的情境，他们一定更喜欢唯秋天才有的萧疏的静寂，温柔的激荡，甜蜜的忧伤，以及放达又优美的苦涩。

　　能够把一切人生的苦楚都化为一种美的只有艺术。

　　在秋天里，我喜欢芦花。这种在荒滩野水中开放的花，是大自然开得最迟的野花。它银白色的花有如人老了的白发，它象征着大自然一轮生命的衰老吗？如果没有染发剂，人间一定处处皆芦花。它生在细细的苇秆的上端，在日渐寒冽的风里不停地摇曳。然而，从来没有一根芦苇荻花是被寒风吹倒吹落的！还有，在漫长的夏天里，它从不开花，任凭人们漠视它，把它只当作大自然的芸芸众生，当作水边普普通通的野草。它却不在乎人们怎么看它，一直要等到百木凋零的深秋，才喷放出那穗样的毛茸茸的花来。没有任何花朵与它争艳。不，本来它的天性就是与世无争的。它无限地轻柔，也无限地洒脱。虽然它不停在风中摇动，但每一个姿态都自在，随意，绝不矫情，也不搔首弄姿。尤其在阳光的照耀下，它那么夺目和圣洁！我敢说，没有一种花能比它更飘洒、自由、多情，以及这般极致地美！

也没有一种花比它更坚韧与顽强。它从不取悦于人，也从不凋谢摧折。直到河水封冻，它依然挺立在荒野上。它最终是被寒风一点点撕碎的。

在这永无定态的花穗与飘逸自由的茎叶中，我能获得多少人生的启示与人生的共鸣？

七

绘画的语言是可视的。

绘画的语言有两种。一是形式的，一种技术的。中国人叫作笔墨；现代人叫作水墨。

我更看重笔墨这种语言。

笔作用于纸，无论轻重缓急；墨作用于纸，无论浓淡湿枯——都是心情使然。

笔的老辣是心灵的枯涩，墨的溶化是情感的舒展；笔的轻淡是一种怀想，墨的浓重是一种撞击。故此，再好的肌理美如果不能碰响心里事物，我也会将它拒之于画外。

文学表达含混的事物，需要准确与清晰的语言；绘画表达含混的事物，却需要同样含混的笔墨。含混是一种视觉美，也是我们常在的一种心境。它暧昧、未明、无尽、嗫嚅、富于想象。如果写作人作画，便一定会醉心般地身陷其中。

八

我习惯写散文时，放一些与文章同种气质的音乐做背景。

那天，我在写一只搁浅于湖边的弃船在苦苦期待着潮汐。忽然，耳边听到潮汐之声骤起。当然这是音乐之声，是拉赫马尼诺夫的音乐吧！我看到一排排长长的深色的潮水迎面而来。它们卷着雪白的浪花，来自天边，其速何疾！一排涌过，又一排上来，向着搁浅的小船愈来愈近。雨点般的水点溅在干枯的船板上，扬起的浪头像伸过来的透明而急切的手。音乐的旋律一层层如潮地拍打我的心上。我紧张地捏着笔杆，心里激动不已，却不知该怎么写。

突然，我一推书桌，去到画室。我知道现在绘画已经是我最好的方式了。

我把白宣纸像月光一样铺在画案上，满满地刷上清水。然后，用一枝水墨大笔来回几笔，墨色神奇地洇开，顿时乌云满纸。跟着大笔落入水盂，笔中的余墨在盂中的清水里像烟一样地散开。我将一笔极淡的花青又窄又长地抹上去，让阴云之间留下一隙天空。随即另操起一支兼毫的长锋，重墨枯笔，捻动笔管，在乌云压迫下画出一排排翻滚而来的潮汐……笔中的水墨不时飞溅到桌上手背上；笔杆碰在盆子碟子上叮当有声。我已经进入绘画之中了。

待我画完这幅《久待》，面对画面，尚觉满意，但总觉还有什么东西深藏画中。沉默的图画是无法把这东西"说"出来的。我着意地去想，不觉拿起钢笔，顺手把一句话写在稿纸上：

"人生的大部分时间就像钓者那样守着一种美丽的空望。"

跟着，我就写了下去：

"期望没有句号。"

"美好的人生是始终坚守着最初的理想。"

"真正的爱情是始终恪守着最初的誓言。"

"爱比被爱幸福。"

于是，我又返回到文学中来。

我经常往返在文学与绘画之间，然而这是一种甜蜜的往返。

2002 年 5 月 6 日　天津

画枝条说

是日，做纯理性思考。思考乃一奇妙的境界。各种思维线索，有如大地江河，往来奔突，纵横交错，看上去如同乱网，实则源流有序，泾渭分明。于是一时思得心头大畅，抬手由笔筒取长锋羊毫一支，正巧砚池有墨，案桌有纸，遂将笔锋饱浸墨汁。笔随手，手随心，心无所想，更无形象，落纸却长长抒展出一根枝条来。这好似春风吹树，生机勃发，转瞬就又软又韧伸出这好长好鲜的一条呵。

一枝既出，复一枝顺势而来。由何而来，我且不管。反正腕下如行云流水，漫泻轻飏，无所阻碍。枝枝不绝，铺向满纸。不知不觉间，已浸入并尽享一种自我的丰富之中了。

然而行笔之间，渐渐有种异样的感觉。这一条条运行在纸上的墨线，多么像刚才那思维的轨迹？

有时，一条线飘逸流泻，空游无依，自由自在，真好比一种神思在随意发挥；有时，笔生艰涩，腕中较劲，线条顿挫有力，蹿枝拔节，酷似思维的层层深入；有时，笔锋疾转，陡生意外，莫不是心中腾起新的灵感？于是，真如树分两枝，一条线化成两条线，各自扬长而去，纸上的境界为之一变。

这枝条居然都成了我思维的显影。

一大片修长的枝条好似向阳生长，朝着斜上方拥去；那里却有几条劲枝逆向而下，带着一股生气与锐意，把这片丰繁而弥漫的枝丫席卷回来。思维的世界本无定势，就看哪股力量更具生命的本质。往往一枝夺目出现，顿时满树没入迷茫。而常常又在一团参差交错、乱无头绪的枝丫中，会发现一个空洞似的空间，从中隐隐透着蒙蒙的微明。这可不是一处空白，仔细看去，那里边已经有了淡淡的优雅的一枝，它多么像一声清明又鲜活的召唤！

我明白了，原来这满纸枝条，本来就是我此刻思维的图像。我第一次看见了自己的理性世界。在这往复穿插、层层叠叠的立体空间里，无数优美的思维轨迹，无数勇气的涉入与艰涩的进取，无数灵性的神来之笔，无数深邃幽远的间隙，无比地丰富、神奇、迷人！这原来都是我们的思维创造的。理性世界原来并不完全是逻辑的、界定的、归纳的、简化的；它原来比生命天地更充溢着强者的对抗，新旧的更替，生动的兴衰与枯荣；它还比感情世界更加变化无穷，流动不已，灿烂多姿和充满了创造。

我停住笔，惊讶于自己画了这样一幅没有感情色彩却使自己深深感动的画。原来人类的理性思考才是一个至美的境界。此外，大千万象，人间万物，谁能比之？

1997 年 11 月　天津

画飞瀑记

这日，忽有莫名之豪情骤至，画兴随之勃发，展纸于案，但觉纸短，便扯过一幅八尺素白宣纸换上。伸手从笔筒中取一支长管大笔，此刻心中虽无任何形象，激荡情绪已到笔端，笔头随即强烈抖颤起来。转手一捅砚心，墨滴四溅，点点落到皎白纸面也全然不顾。然手中之笔已不听任于手，惊鸟一般陡地跳入水盂，一汪清水便被这墨笔扰得如乌云般翻滚涌动。眼前纸面，恍若疾风吹过，云皆横态，大江奔去，浪做斜姿；奔泻的笔墨随同这幻象一同呈现。

水墨大笔在纸的上端横向挥洒，即刻一片洪流潆然展开，看似万骏狂驰，瞬息而至。不待思索如何谋篇布局，笔管自动立起，向下劲扫数笔，顿时万马落崖，江河倒挂，水气冲来，不觉倒退几步，更有一阵冷雨扑面，不知是挥舞的水墨飞溅，还是一种逼真的幻觉所致。大水随笔倾下，长流百尺，一泻到底，极是畅快，心中块垒也被浇得净尽。水落深谷，腾龙跃蛟，崩云卷雪，耳边已响起一阵如雷般的轰鸣。继而，换一支羊毫大笔，饱蘸清水淡墨，亦我绵绵情意，化浪花为湿雾，化浓霭为轻烟，默然飞动，舒漫流散。更有云烟飞升，萦绕于危崖绝巘之间；望去如薄纱遮翳，似明似灭，或有或无，渺迷幽复，无上高远复深远也。此皆运笔之虚实轻重使然。笔欲住而水不止，烟欲遁而雾不绝。水过重谷，乱石相截。然非此不能表现水的浩荡、顽强与百折不回的勇气。因之，阔笔写一横滩，水则涌而漫过；浓墨泼一立石，水则砰然拍去，激出巨浪，笔甩墨飞，冷气夹带水珠，弹向天空。岩石夹峙，水流倍猛，四处疾射，奔流前行。一路遇阻而过，逢截必越，腕间似有不挡之势。画笔受激情鼓荡，撞得水盂砚池叮当作响。此亦画之音乐也。直画得荡气回肠，大气磅礴。只见水出谷底，汇成巨流，汩汩而去。不觉挥腕一扫，掷笔画成。

于是，悬画于壁，静心望去，原来竟是一大幅飞瀑图。奇怪！作画之前，并未有此图之想，缘何成此画图？一般所谓作画"胸有成竹"在"胸无成竹"之上，错矣！殊不知，"胸无成竹"才是最高的作画境界。此便是先有内心的情氛与实感，不过借笔墨一时成像罢了。

身在世纪之交，每思前顾后，阅历百年，感慨万端。然而，由当今而瞻前，确是阔而无涯。心所往，皆宏想。由是黄钟大吕，时亦鸣响心中。这便是如上豪情时有骤至之故。图画至此，意犹未尽，遂取一支长锋狼毫笔，题数字于画上，乃是这样一句：

万里泻入心怀间

画为文外事，文亦画外事；画为文中事，文亦画中事。画罢作文，以记之。

1997 年 2 月

第四辑

致大海

——为冰心送行而作

今天是给您送行的日子，冰心老太太！

我病了，没去成，这也许会成为我终生的一个遗憾。但如果您能听到我这话，一准会说："是你成心不来！"那我不会再笑，反而会落下泪来。

十点钟整，这是朋友们向您鞠躬告别的时刻，我在书房一片散尾竹的绿影里跪伏下来，向着西北方向——您遥远的静卧的地方，恭敬地磕了三个头。然后打开音乐，凝神默对早已备置在案前的一束玫瑰。当然，这就是面对您。本来心里缭乱又沉重，但渐渐地我那特意选放的德彪西的《大海》发生了神奇的效力，涛声所至，愁云扩散。心里渐如海天一般辽阔与平静。于是您往日那些神气十足的音容笑貌全都呈现出来，而且愈来愈清晰，一直逼近眼前。

我原打算与您告别时，对您磕这三个头。当然，绝大部分人一定会诧异于我何以非要行此大礼。他们哪里知道这绝非一种传统方式，一种中国人极致的礼仪，而是我对您特殊的爱的方式，这里边的所有细节我全部牢牢记得。

八十年代末，一个您生命的节日——十月五日。我在天津东郊一位农人家中，听说他家装了电话，还能挂长途，便抓起话筒拨通了您家。我对着话筒大声说：

"老太太，我给您拜寿了！"

您马上来了幽默。您说："你不来，打电话拜寿可不成。"您的口气还假装有点生气。但我却知道在电话那端，您一定在笑，我好像看见了您那慈祥的并带着童心的笑容。

为了哄您高兴。我说："我该罚，我在这儿给您磕头了！"

您一听果然笑了，而且抓着这个笑话不放，您说："我看不见。"

我说："我旁边有人，可以作证。"

您说："他们都是你一伙的，我不信。"

本来我想逗您乐，却被您逗得乐不可支。谁说您老，您的机敏和反应力能超过任何年轻人。我只好说："您把这笔账先记在本子上。等我和您见面时，保证补上。"

这便是磕头的来历，对不对？从此，它成了每次见面必说的一个玩笑的由头。只要说说这个笑话，便立即能感受到与您之间那种率真、亲切、又十分美好的感觉。

大约是九二年底，我在中国美术馆举办画展期间，和妻子顾同昭，还有三两朋友一同去看您。那天您特别爱说话，特别兴奋，特别精神；您一向底气深厚的嗓音由于提高了三度，简直洪亮极了。您说，前不久有一位大人物来看您，说了些"长寿幸福"之类吉祥话。您告诉他，您虽长寿，却不总是幸福的。您说自己的一生正好是"酸甜苦辣"四个字。跟着您把这四个字解释得明白有力，铮铮作响。

您说，您的少时留下许多辛酸——这是酸；青年时代还算留下一些甜美的回忆——这是甜；中年以后，"文革"十年，苦不堪言——这是苦；您现在老了，但您现在却是——"姜是老的辣"。当您说到这个"辣"字时，您的脖子一梗。我便看到了您身上的骨气。老太太，那一刻您身上真是闪闪发光呢！

这话我当您的面是不会说的。我知道，您不喜欢听这种话，但我现在可以说了。

记得那天，您还问我："要是碰到大人物，你敢说话吗？"没等我说，您又进一步说道，"说话谁都敢，看你说什么。要说别人不敢说、又非说不可的话。冯骥才——你拿的工资可是人民给的，不是领导给的。领导的工资也是人民给的。拿了人民的钱就得为人民说话，不要怕！"

说完您还着意地看了我一眼。

老太太，您这一眼可好厉害。您似乎要把这几句话注入我的骨头里。但您知道吗？这也正是我总愿意到您那里去的真正缘故。

我喜欢您此时的样子，很气概，很威风，也很清晰。您吐字和您写字一样，一笔一画，从不含混。您一生都明达透彻，思想在脑海里如一颗颗美丽的石子沉在清亮见底的水中。您享受着清晰，从来不委身于糊涂。

再说那天，老太太！您怎么那么高兴。您把我妻子叫到跟前，您亲亲她，还叫我也亲亲她。大家全笑了。您把天堂的画面搬到大家眼前，融融的爱意使每一个人的心情都充满美好。于是在场朋友们说，冯骥才总说给冰心磕头拜寿，却没见过真的磕过头。您笑嘻嘻地说我："他是个口头革命派！"

我听罢，立即趴在地上给您磕了三个头。您坐在轮椅上无法阻拦我，但我听见您的声音："你怎么说来就来。"等我起身，见您被逗得正在止不住地笑，同时还第一次看到您挺不好意思的表情。我可不愿意叫您发窘。我说："照老规矩，晚辈磕头，得给红包。"

您想了想，边拉开抽屉，边说："我还真的有件奖品给你。今年过生日时，有人给我印了一种寿卡，凡是朋友来拜寿，我就送一张给他作纪念。我还剩点儿，奖给你一张吧！"

粉红色的卡片精美雅致，名片大小，上边印着金色的寿字，还有您的名字与生日。卡片的背面是您手书自己的那句座右铭："有了爱便有了一切。"

您说，这寿卡是编号的，限数一百。您还说，这是他们为了叫您长命百岁。

我接过寿卡一看，编号77，顺口说："看来我既活不到您这分量，也活不到您这岁数了。"

您说："胡说。你又高又大，比我分量大多了。再说你怎么知道自己不长寿？"

我说："编号一百是百岁，我这是77号，这说明我活七十七岁。"

您嗔怪地说："更胡说了。拿来——"您要过我手中的寿卡，好像想也没想，拿起桌上的圆珠笔在编号每个"7"字横笔的下边，勾了半个小圈儿，马上变成99号了！您又写上一句"骥才万寿，冰心，1992.12.20"。

大家看了大笑，同时无不惊奇。您的智慧、幽默、机敏，令人折服。您的朋友们都常常为此惊叹不已！尽管您坐在轮椅上，您的思维之神速却敢和这世界上任何人赛跑。但对于我，从中更深深的感动则来自一种既是长者又是挚友的爱意。可使我一直不解的是，您历经那么多时代的不幸，对人间的诡诈与丑恶的体验较我深切得多，然而，您为何从不厌世，不避世，不警惕世人，却对人们依然始终紧拥不弃，痴信您那句常常会使自己陷入被动的无限美好的格言"有了爱便有了一切"？这到底是为了一种信念，还是一种天性使然？

我想到一件更远的事。

那时吴文藻先生还在世。那天是您和吴先生金婚的纪念日。我和楚庄、邓伟志等几位文友去看您。您那天新裤新褂，容光焕发；您总是这么神采奕奕，叫人家无论碰到怎样的打击也无法再垂头丧气。

那天聊天时，没等我们问您就自动讲起当年结婚时的情景。您说，您和吴文藻度蜜月，是相约在北京西山的一个古庙里。

您当时的神气真像回到了六十年前——

您说，那天您在燕京大学讲完课，换一件干净的蓝旗袍，把随身用品包一个方方正正的小布包，往胳肢窝里一夹就去了。到了西山，吴文藻还没来——说到这儿，您还笑一笑说："他就这么糊涂！"

您等待时间长了，口渴了，便在不远的农户那儿买了几根黄瓜，跑到井边洗了洗，坐在庙门口高高的门槛上吃黄瓜，一时引得几个农家的女人来到庙前瞧新媳妇。这样直等到您的新郎吴文藻姗姗而来。

您结婚的那间房子是庙里后院的一间破屋，门关不上，晚上屋里经常跑大耗子，桌子有一条腿残了，晃晃荡荡。"这就是我们结婚的情景。"说到这儿，您大笑，很快活，弄不清您是自嘲，还是为自己当年的清贫又洒脱而扬扬自得。这时您话锋一转，忽问我："冯骥才，你怎么结的婚？"

我说："我还不如您哪。我是'文革'高潮时结的婚！"

您听了一怔，便说："那你说说。"

我说那时我和未婚妻两家都被抄了，结婚没房子，街道赤卫队队长人还算不错，给我们一间几平方米的小屋。结婚那天，我和我爱人的全家去了一个小饭馆吃饭。我父亲关在牛棚，母亲的头发被红卫兵铰了，没能去。我把劫后仅有的几件衣服叠了叠，放在自行车后架上，但在路上颠掉了，结婚时两手空空。由于我们都是被抄户，更不敢说"庆祝"之类的话，大家压低嗓子说："祝贺你们！"然后不出声地碰一下杯子。

饭后我们就去那间小屋。屋里空荡荡，四个房角，看得见三个。床是用砖块和木板搭的。要命的是，我这间小屋在二楼，楼下是一个红卫兵"总部"。他们得知楼上有两个狗崽子结婚，虽然没上来搜查盘问，却不断跑到院里往楼上吹喇叭，还一个劲儿打手电，电光就在我们天花板上扫来扫去。我们便和衣而卧。我爱人吓得靠在我胸前哆嗦了一个晚上。"这就是我们的新婚之夜！"我说。

我讲述这件事时，您听得认真又紧张。我想完事您一定会说出几句同情的话来。可是您却微笑又严肃地对我说："冯骥才，你可别抱怨生活，你们这样的结婚才能永远记得，大鱼大肉的结婚都是大同小异，过后是什么也记不住的。"

您的话使我出其不意。

一下子，您把我的目光从一片荆棘的困扰中引向一片大海。

哎哎，您没有把我送给您那幅关于海的画带走吧？

那幅画我可是特意为您画得那么小，您的房间太窄，没有挂大画的墙壁。但是您告诉我："只要是海，都是无边的大。"

我把您那本译作《先知》的封面都翻掉了。因此我熟悉您这种诗样的语言所裹藏的深邃的寓意。我送给您一幅画，您送给我这一句话。

我在那幅蓝色的画里，给您画了许多阳光；您在这个短句中，给了我无尽的放达的视野。

在与您的交往中，我懂得了什么是"大"。大，不是目空一切，不是做宏观状，不是超然世外，或从权力的高度俯视天下。人间的事物只要富于海的境界都可以既博大又亲近，既辽阔又丰盈。那便是大智，大勇，大仁，大义，大爱，与正大光明。

德彪西的《大海》全是画面。

被狂风掀起的水雾与低垂的阴云融成一片；雪色的排天大浪迸溅出的全是它晶莹透明的水珠。一束夕照射入它蓝幽幽的深处，加倍反映出夺目的光芒。瞬息间，整个世界全是细密的迷人的柔情的微波。大海中从无云影，只有阳光。这因为，它不曾有过瞬息的静止；它永远跃动不已的是那浩瀚又坦荡的生命。

这也正是您的海。我心里的您！

我忽然觉得，我更了解您。

我开始奇怪自己，您在世时，我不是对您已经十分熟悉与理解了吗？但为什么，您去了，反倒对您忽有所悟，从而对您认识更深，感受也更深呢？无论是您的思想、气质、爱，甚至形象，还有您的意义。这真是个神奇的感觉！于是，我不再觉得失去了您，而是更广阔又真切地拥有了您；我不再觉得您愈走愈远，却感到您从来没有像此刻这样贴近。远离了大海，大海反而进入我的心中。我不曾这样为别人送行过。我实实在在是在享受着一种境界，并不知不觉在我心里响起少年时代记忆得刻骨铭心的普希金那首长诗《致大海》的结尾：

再见吧，大海！我永远不会忘记
你庄严的容光，
我将久久地久久地听着
你黄昏时分的轰响；
我的心将充满了你，
我将把你的山岩，你的海湾，
你的光和影，你浪花的喋喋，
带到森林，带到寂寞的荒原。

1999 年 3 月 19 日深夜　天津

记韦君宜

我不知道为什么，对一个人深入的回忆，非要到他逝去之后。难道回忆是被痛苦带来的吗？

一九七七年春天我认识了韦君宜。我真幸运，那时我刚刚把一只脚怯生生踏在文学之路上。我对自己毫无把握。我想，如果我没有遇到韦君宜，我以后的文学可能完全是另一个样子。我认识她几乎是一种命运。

但是这之前的十年"文革"把我和她的历史全然隔开。我第一次见到她时，并不清楚她是谁，这便使我相当尴尬。

当时，李定兴和我把我们的长篇处女作《义和拳》的书稿寄到人民文学出版社。尽管我脑袋里有许多天真的幻想，但书稿一寄走便觉得希望落空。这因为人民文学出版社是公认的国家文学出版社。面对这块牌子谁会有太多的奢望？可是没过多久，小说北组（当时出版社负责长江以北的作者书稿的编辑室）的组长李景峰便表示对这部书稿的热情与主动，这一下使我和定兴差点成了一对范进。跟着出版社就把书稿打印成厚厚的上下两册征求意见本，分别在京津两地召开征求意见的座谈会。那时的座谈常常是在作品出版之前，绝不是当下流行的一种炒作或造声势，而是为了尽量提高作品的出版质量。于是，李景峰来到天津，还带来一个身材很矮的女同志，他说她是"社领导"。当李景峰对我说出她的姓名时，那神气似乎等待我的一番惊喜，但我却只是陌生又迟疑地朝她点头。我当时脸上的笑容肯定也很窘。后来我才知道她在文坛上的名气，并恨自己的无知。

座谈会上我有些紧张，倒不是因为她是"社领导"，而是她几乎一言不发。我不知该怎么跟她说话。会后，我请他们去吃饭——这顿饭的"规格"在今天看来简直难以想象！一九七六年的大地震毁掉我的家，我全家躲到朋友家的一间小屋里避难。在我的眼里，劝业场后门那家卖锅巴菜的街头小铺就是名店了。这家店一向屋小人多，很难争到一个凳子。我请韦君宜和李景峰占一个稍松快的角落，守住小半张空桌子，然后去买牌，排队，自取饭食。这饭食无非是带汤的锅巴、热烧饼和酱牛肉。待我把这些东西端回来时，却见一位中年妇女正朝着韦君宜大喊大叫。原来韦君宜没留意坐在她占有的一张凳子上。这中年妇女很凶，叫喊时龇着长牙，青筋在太阳穴上直跳，韦君宜躲在一边不言不语，可她还是盛怒不息。韦君宜也不解释，睁着圆圆一双小眼睛瞧着她，样子有点窝囊。有个汉子朝这不依不饶的女人说："你的凳子干嘛不拿着，放在那里谁不坐？"这店的规矩是只要把凳子弄到手，排队取饭时便用手提着凳子或顶在脑袋上。多亏这汉子的几句话，一碗水似的把这女人的火气压住。我赶紧张罗着换个地方，依然没有凳子坐，站着把东西吃完，他们就要回北京了。这时韦君宜对我说了一句话："还叫你花了钱。"这话虽短，甚至有点吞吞吐吐，却含着一种很恳切的谢意。她分明是那种羞于表达、不善言谈的人吧！这就使我更加尴尬和不安。多少天里一直埋怨自己，为什么把他们领到这种拥挤的小店铺吃东西。使我最不忍的是她远远跑来，站着吃一顿饭，无端端受了那女人的训斥和恶气，还反过来对我诚恳地道谢。

不久我被人民文学出版社借去修改这部书稿。住在北京朝内大街一百六十六号那幢灰色而陈旧的办公大楼的顶层。凶厉的"文革"刚刚撤离，文化单位依存着肃寂的气息，揭批查的大字报挂满走廊。人一走过，大字报哗哗作响。那时"伤痕文学"尚未出现，作家们仍未解放，只是那些拿着这枷锁钥匙的家伙们不知跑到哪里去了。出版社从全国各地借调来改稿的业余作者，每四个人挤在一间小屋，各自拥抱着一张办公桌，抽烟、喝水、写作；并把自己独有的烟味和身体气息浓浓地混在这小小空间里，有时从外边走进来，气味真有点噎人。我每改过一个章节便交到李景峰那里，他处理过再交到韦君宜处。韦君宜是我的终审，我却很少见到她，大都是经由李景峰间接听到韦君宜的意见。李景峰是个高个子、朴实的东北人，编辑功力很深，不善于开会发言，但爱聊天，话说到高兴时喜欢把裤腿往上一捋，手拍着白白的腿，笑嘻嘻地对我说："老太太（人们对韦君宜背后的称呼）又夸你了，说你有灵气，贼聪明。"李景峰总是死死守护在他的作者一边，同忧同喜，这样的编辑已经不多见了。我完全感觉得到，只要他在韦君宜那里听到什么好话，便恨不得马上跑来告诉我。他每次说完准又要加上一句："别翘尾巴呀，你这家伙！"我呢，就这样地接受和感受着这位责编美好又执着的情感。然而，我每逢见到韦君宜，她却最多朝我点点头，与我擦肩而过，好像她并没有看过我的书稿。她走路时总是很快，嘴巴总是自言自语那样嗫嚅着，即使迎面是熟人也很少打招呼。可是一次，她忽然把我叫去。她坐在那堆满书籍和稿件的书桌前——她天天肯定是从这些书稿中"挖"出一块桌面来工作的。这次她一反常态，滔滔不绝；她与我谈起对聂士成和马玉昆的看法，再谈我们这部小说人物的结局，人物的相互关系，史料的应用与虚构，还有我的一些语病。她令我惊讶不已，原来她对我们这部五十五万字的书稿每个细节都看得入木三分。然后，她从满桌书稿中间的盆地似的空间里仰起脸来对我说："除去那些语病必改，其余凡是你认为对的，都可以不改。"这时我第一次看见了她的笑容，一种温和的、满意的、欣赏的笑容。

这是我永远不会忘记的一个笑容。随后，她把书桌上一个白瓷笔筒底儿朝天地翻过来，笔筒里的东西"哗"的全翻在桌上。有铅笔头、圆珠笔芯、图钉、曲别针、牙签、发卡、眼药水等，她从这乱七八糟的东西间找到一个铁夹子——她大概从来都是这样找东西。她把几页附加的纸夹在书稿上，叫我把书稿抱回去看。我回到五楼一看便惊呆了。这书稿上密密麻麻竟然写满她修改的字迹，有的地方用蓝色圆珠笔改过，再用红色圆珠笔改，然后用黑圆珠笔又改一遍。想想，谁能为你的稿子付出这样的心血？

我那时工资很低。还要分出一部分钱放在家里。每天抽一包劣质而辣嘴的"战斗牌"烟卷，近两角钱，剩下的钱只能在出版社食堂里买那种五分钱一碗的炒菠菜。往往这种日子的一些细节刀刻一般记在心里。比如那位已故的、曾与我同住一起的新疆作家沈凯，一天晚上他举着一个剥好的煮鸡蛋给我送来，上边还撒了一点盐，为了使我有劲熬夜。再比如朱春雨一次去"赴宴"，没忘了给我带回一块猪排骨，他用稿纸画了一个方碟子，下面写上"冯骥才的晚餐"，把猪排骨放在上边。至今我仍然保存这张纸，上面还留着那块猪排骨的油渍。有一天，李景峰跑来对我说："从今天起出版社给你一个月十五块钱的饭费补助。"每天五角钱！怎么会有这样天大的好事？李景峰笑道："这是老太太特批的，怕饿垮了你这大个子！"当时说的一句笑话，今天想起来，我却认真地认为，我那时没被那几十万字累垮，肯定就有韦君宜的帮助与爱护了。

我不止一次听到出版社的编辑们说，韦君宜在全社大会上说我是个"人才"，要"重视和支持"。然而，我遇到她，她却依然若无其事，对我点点头，嘴里自言自语似的嗫嚅着，匆匆擦肩而过。可是我似乎已经习惯了这种没有交流的接触方式。她不和我说话，但我知道我在她心里的位置；她是不是也知道，我虽然没有任何表示，在我心里她却有个很神圣的位置？

在我的第二部长篇小说《神灯前传》出版时，我去找她，请她为我写一篇序。我做好被回绝的准备。谁知她一听，眼睛明显地一亮，点头应了，嘴巴又嚅动几下，不知说些什么。我请她写序完全是为了一种纪念，纪念她在我文字中所付出的母亲般的心血，还有那极其特别的从不交流却实实在在的情感。我想，我的书打开时，首先应该是她的名字。于是《神灯前传》这本书出版后，第一页便是韦君宜写的序言《祝红灯》。在这篇序中依然是她惯常的对我的方式，朴素得近于平淡，没有着意的褒奖与过分的赞誉，更没有现在流行的广告式的语言，最多只是"可见用功很勤"，"表现作者运用史料的能力和历史的观点都前进了"，还有文尾处那句"我祝愿他多方面的才能都能得到发挥"。可是语言有时却奇特无比，别看这几句寻常话语，现在只要再读，必定叫我一下子找回昨日那种默默又深深的感动……

韦君宜并不仅仅是伸手把我拉上文学之路。此后"伤痕文学"崛起时，我那部中篇小说《铺花的歧路》的书稿在人民文学出版社内部引起争议。当时"文革"尚未在政治上全面否定，我这部彻底揭示"文革"的书稿便很难通过。七八年冬天在和平宾馆召开的"中篇小说座谈会"上，韦君宜有意安排我在茅盾先生在场时讲述这部小说，赢得了茅公的支持。于是，阻碍被扫除，我便被推入了"伤痕文学"激荡的洪流中……

此后许多年里，我与她很少见面。以前没有私人交往，后来也没有。但每当想起那段写作生涯，那种美好的感觉依然如初。我与她的联系方式却只是新年时寄一张贺卡，每有新书便寄一册，看上去更像学生对老师的一种含着谢意的汇报。她也不回信，我只是能够一本本收到她所有的新作。然而我非但不会觉得这种交流过于疏淡，反而很喜欢这种绵长与含蓄的方式——一切尽在不言之中。人间的情感无须营造，存在的方式各不相同。灼热的激发未必能够持久，疏淡的方式往往使醇厚的内涵更加意味无穷。

大前年秋天，王蒙打来电话说，京都文坛的一些朋友想聚会一下为老太太祝寿。但韦君宜本人因病住院，不能来了。王蒙说他知道韦君宜曾经厚待于我，便通知我。王蒙也是个怀旧的人。我好像受到某种触动，忽然激动起来，在电话里大声说，是呀、是呀，一口气说出许多往事。王蒙则用他惯常的玩笑话认真地说："你是不是写几句话传过来，表个态，我替你宣读。"我便立即写了一些话用传真传给王蒙。于是我第一次直露地把我对她的感情写出来，我满以为老太太总该明白我这份情意了。但事后我知道老太太由于几次脑血管病发作，头脑已经不十分清楚了。瞧瞧，等到我想对她直接表达的时候，事情又起了变化，依然是无法沟通！但转念又想，人生的事，说明白也好，不说明白也好，只要真真切切地在心里就好。

尽管老太太走了。这些情景却仍然——并永远地真真切切保存在我心里。人的一生中，能如此珍藏在心里的故人故事能有多少？于是我忽然发现，回忆不是痛苦的，而是寂寥人间一种暖意的安慰。

1998 年 4 月 7 日

草婴先生

　　三年前的春天里意外接到一个来自上海的电话。一个沙哑的嗓音带着激动时的震颤在话筒里响着："我刚读了你的《一百个人的十年》，叫我感动了好几天。"我问道："您是哪一位？"他说："我是草婴。"我颇为惊愕："是大翻译家草婴先生？"话筒里说："是草婴。"我情不自禁地说："我才感动您一两天，可我被您感动了几十年。"

　　我自诩为草婴先生的最忠实的读者之一。从《顿河故事》《一个人的遭遇》到《复活》，我读过不止两三遍，甚至能背诵那些名著里一些精彩的段落。对翻译家的崇拜是异样的。你无法分出他们与原作者。比如傅雷和巴尔扎克，汝龙和契诃夫，李丹和雨果，草婴和托尔斯泰，还有肖洛霍夫。他们好像是一个人。你会深信不疑他们的译笔就是原文，这些译本就是那些异国的大师用中文写的！记得二十世纪七十年代末我住在人民文学出版社写长篇小说时，刚刚开禁了世界名著，出版社打算出一本契诃夫的小说选，但不知出于何故，没有去找专门翻译契诃夫的翻译家汝龙，而是想另请他人重译。为了确保译本质量，便从契诃夫的小说中选了《套中人》和《一个小公务员之死》两个短篇，分别交给几位俄文翻译家重译。这些译者皆是高手。谁知交稿后都不如汝龙那么传神，虽然译得像照片那样准确无误，但契诃夫本人好像从这些译文里跑走了。文学翻译就是这样——如果请汝龙来翻译肖洛霍夫或托尔斯泰，肯定很难达到草婴笔下的豪迈与深邃。甚至无法在稿纸上铺展出托尔斯泰像江河那样弯弯曲曲又流畅的长句子。然而契诃夫的精短、灵透与伤感，汝龙凭着标点就可以表达出来。究竟是什么可以使翻译家与原作者这样灵魂相通？是一种天性的契合吗？他们在外貌也会有某些相似吗？这使我特别想见一见草婴先生。

几个月后去南通考察蓝印花布，途经上海。李小林说要宴请我。我说烦你请草婴先生来一起坐坐吧。谁想见面一怔。草婴竟是如此一位瘦小的老人。年已八旬的他虽然很健朗，腰板挺直，看上去却是那种典型的骨骼轻巧的南方文人。和他握手时，感觉他的手很细小。他静静地坐在那里，动作很小，说话的口气十分随和，无论如何与托尔斯泰的浓重与恢宏以及肖洛霍夫的野性联系不到一起。

朋友间伴随美酒佳肴的话题总是漫无边际，但我还是抓空儿不断地把心中的问题提给草婴先生。

从断续的交谈里，我知道他的俄语是十几岁时从客居上海的俄国女侨民那里学到的。那时进步的思想源头在北边的苏联，许多年轻人学习俄语为了直接去读俄文书，为了打开思想视野和寻找国家的出路。等到后来——可能是1941年吧，他为地下党和塔斯社合作的《时代》周刊翻译电讯与文稿，就自觉地把翻译作为一种思想武器了。当时许多大作家也兼做翻译，都是出于一个目的：把进步的思想引进中国。比如鲁迅、巴金、郭沫若、冰心等。我读过徐迟先生四十年代初在重庆出版的《托尔斯泰传》，书挺薄，纸张很黑，很糙。他在这本书的"后记"中说，当时正处于抗战时期，纸张奇缺，《托尔斯泰传》总共有五百页，无法全部出版，最多只能印其中的一百多页。他之所以把这部分译稿印出来，是为了向国人介绍一种"深刻的思想"。

这恐怕就是那一代翻译家的想法了。翻译对于他们是文学事业的一部分，也是一种重要的精神和思想的方式。

八十年代初，"文革"后文艺的复苏时期，出版部门曾想聘请草婴先生主持翻译出版工作，被他婉拒，他坚持做翻译家，立志要翻译托尔斯泰的全部作品。

"我们确实需要一套经典的托尔斯泰全集。"我说。

他接下来讲出的理由是我没想到的。他说："在十年'文革'的煎熬中，我深刻认识到缺乏人道主义的社会会变得多么可怕。没有经过人文主义时期的中国非常需要人道主义的启蒙和滋育。托尔斯泰作品的全部精髓就是人道主义！"是啊，巴金不是称托尔斯泰是"十九世纪世界的良心"吗？

他选择做翻译的出发点基于国人的需要，当然是一个有见地的知识分子眼中的国人的需要。

原来翻译家的工作不是"搬运"别人的作品，不仅仅是谋生手段或技术性很强的职业，它可以成为一种影响社会、开启灵魂、建设心灵的事业。近百年来，翻译家们不常常是中国思想史的主角吗？

在自己敬重的人身上发现新的值得敬重的东西，是一种收获，也是满足。我感到，我眼前这个瘦小的南方文人竟可以举起一个时代不能承受之重。在我和他道别握手时，他的手好似也变得坚实有力了。

我感谢他。他叫我看到翻译事业这座大山令人敬仰的高处。

2006 年夏日

怀念老陆

近些天常常想起老陆来。想起往日往事的那些难忘的片段，还有他那张始终是温和与宁静的脸，一如江南的水乡。

老陆是我对他的称呼。国文和王蒙则称他文夫。他们是一代人。世人分辈，文坛分代。世上一辈二十岁，文坛一代是十年。我视上一代文友有如兄长。老陆是我对他一种亲热的尊称。

我和老陆一南一北很少往来，偶然在京因会议而邂逅，大家聚餐一处，老陆身坐其中，话不多，但有了他便多一份亲切。他是那种人——多年不见也不会感到半点陌生和隔膜。他不声不响坐在那里，看着从维熙逞强好胜地教导我，或是张贤亮吹嘘他的西部影城如何举世无双，从不插话，只是面含微笑地旁听。我喜欢他这种无言的笑。温和、宽厚、理解，他对这些个性大相径庭的朋友们总是抱之以一种欣赏——甚至是享受。

这不能被简单地解释为"与世无争"。没有一个作家会在思想原则上做和事佬。凡是读过他的《围墙》乃至《美食家》的，都会感受到他的笔尖里的针芒。只不过他常常是绵里藏针。我想这既源自他的天性，也来自他的小说观。他属于那种艺术性的作家，他把小说当作一种文本的和文字的艺术。高晓声和汪曾祺都是这样。他们非常讲究技巧，但不是技术的，而是艺术的和审美的。

一次我到无锡开会，就近去苏州拜访他。他陪我游拙政、网师诸园。一边在园中游赏，一边听他讲苏州的园林。他说，苏州园林的最高妙之处，不是玲珑剔透，极尽精美，而是曲曲折折，没有穷尽。每条曲径与回廊都不会走到头。有时你以为走到了头，但那里准有一扇小门或小窗。推开望去，又一番风景。说到此处，他目光一闪说："就像短篇小说，一层包着一层。"我接着说："还像吃桃子，吃去桃肉，里边有个核儿，敲开核儿，又一个又白又亮又香的桃仁。"老陆听了很高兴，禁不住说："大冯，你算懂小说的。"

此时，眼前出现一座水边的厅堂。那里四边怪石相拥，竹树环合，水光花影投射厅内，厅中央陈放着待客的桌椅，还有一口天青色素釉的瓷缸，缸里插着一些长长短短的书轴画卷。乃是每有友人来访，本园主人便邀客人在此欣赏书画。厅前悬挂一匾，写着"听松读画堂"。老陆问我，为什么写"读画"不写"看画"，画能读吗？我说，这大概与中国画讲究文学性有关。古人常说的"诗画相生"或"诗是无形画，画是有形诗"。这些诗意与文学性藏在画中，不能只用眼看，还要靠读才能理解到其中的意味。老陆说，其实园林也要读。苏州园林真正的奥妙是这里边有诗文，有文学。我听到的能对苏州园林做出如此彻悟只有二位：一是园林大师陈从周——他说苏州园林有书卷气；另一位便是老陆，他一字道出欣赏苏州园林乃至中国园林的要诀：读。

读，就是从文学从诗角度去体会园林内在的意蕴。

记得那天傍晚，老陆在得月楼设宴招待我。入席时我心中暗想，今儿要领略一下这位美食家的真本领究竟在哪里了。席间每一道菜都是精品，色香味俱佳，却看不出美食家有何超人的讲究。饭菜用罢，最后上来一道汤，看上去并非琼汁玉液，入口却是又清爽又鲜美，直喝得胃肠舒畅，口舌愉悦，顿时把这顿美席提升到一个至高境界。大家连连呼好。老陆微笑着说："一桌好餐关键是最后的汤。汤不好，把前边的菜味全遮了；汤好，余味无穷。"然后目光又是一闪，好似来了灵感，他瞅着我说，"就像小说的结尾。"

我笑道："老陆，你的一切全和小说有关。"

于是我更明白老陆的小说缘何那般精致、透彻、含蓄和隽永。他不但善于从生活中获得写作的灵感，还长于从各种意味深长的事物里找到小说艺术的玄机。

然而生活中的老陆并不精明，甚至有点"迂"。我听到过一个关于他"迂"到极致的笑话。那是二十世纪八十年代中期，老陆当选中国作协副主席。据说苏州当地政府不知他这职务是什么"级别"，应该按什么"规格"对待。电话打到北京，回答很模糊，只说"相当于副省级"。这却惊动了地方，苏州还没有这么大的官儿，很快就分一座两层小楼给他，还配给他一辆小车。老陆第一次在新居接待外宾就出了笑话。那天，他用车亲自把外宾接到家来。但楼门口地界窄，车子靠边，只能由一边下人。老陆坐在外边，应当先下车。但老陆出于礼貌，让客人先下车，客人在里边出不来，老陆却执意谦让，最后这位国际友人只好说声"对不起"，然后伸着长腿跨过老陆跳下车。

后来见到老陆，我向他核实这则文坛逸闻的真伪。老陆摆摆手，什么也不说，只是笑。不知这摆手，是否定这个瞎诌的玩笑，还是羞于再提那次的傻实在。

说起这摆手，我永远会记着另一件事。那是 1991 年冬天，我在上海美术馆开画展。租了一辆卡车，运满满一车画框由天津出发，车子走了一天，凌晨四时途径苏州时，司机打盹，一头扎进道边的水沟里，许多画框玻璃粉碎。当时我不知道这件事，身在苏州的陆文夫却听到消息。据说在他的关照下，用拖车把我的车拉出沟，并拉到苏州一家车厂修理，还把镜框的玻璃全部配齐。这便使我三天后在上海的画展得以顺利开幕，否则便误了大事。事后我打电话给老陆，几次都没找到他。不久在北京遇到他，当面谢他。他也是伸出那瘦瘦的手摆了摆，笑了笑，什么也没说。

他的义气，他的友情，他的真切，都在这摆摆手之间了。这一摆手，把人间的客套全都挥去，只留下一片真心真意。由此我深刻地感受到他的气质。这气质正像本文开头所说的一如江南水乡的宁静、平和、清淡与透彻，还有韵味。

作家比其他艺术家更具有生养自己的地域的气质。作家往往是那一块土地的精灵。比如老舍和北京，鲁迅和绍兴，巴尔扎克和巴黎。他们的心时时感受着那块土地的欢乐与痛苦。他们的生命与土地的生命渐渐地融为一体——从精神到形象。这便使我们一想起老陆，总会在眼前晃过苏州独有的景象。于是，老陆去世那些天，提笔作画，不觉间一连画了三四幅水墨的江南水乡。妻子看了，说你这几幅江南水乡意境很特别，静得出奇，却很灵动，似乎有一种绵绵的情味。我听了一怔，再一想，我明白了，我怀念老陆了。

2005 年 8 月 8 日

送谢晋

　　我曾对一向生龙活虎的谢晋说："你能活到二十二世纪。"但他辜负了我的祝愿，今天断然而去，只留下朋友们对他深切的痛惜与怀念以及一片浩阔的空茫。

　　前不久，台湾导演李行来访，谈到夏天里谢晋在台北摔伤，流了许多血，"当时的样子很可怕，把我们都吓坏了"，跟着又谈到谢晋老年丧子。我说老谢曾经特意把他儿子谢衍的处女作《女儿红》剧本寄给我，嘱我"非看不可"。李行说谢晋对谢衍这条根脉很在乎，丧子之痛会伤及他的身体。这时我忽然感到老谢今年有点流年不利。心想今年若去南方，要设法绕道去上海看看他。但现在这一切都只是过往的一些毫无意义的念头了。

　　太熟太熟的一位朋友了。自八十年代以来在政协、文联以及大大小小各种会议和活动中，无论是会场上相逢相遇，还是在走廊或人群中打个照面，都会有种亲切感掠心而过。老谢是个亲和、简单、没有距离感的人。在我的印象中，他几十年说的话似乎只有三个内容：剧本，演员，为电影的现状焦急。他脑袋里再放不进去别的东西。如果你想谈别的——那你只好去自言自语，他听似没听进去；但只要你停下来，他立即开始大谈他的剧本和演员，或者对电影业种种弊端发火。他发火时根本不管有谁在座。这时的老谢直率得可爱。他认为他在为电影说话，不用顾及谁爱听或不爱听。他从不谈自己；他的心里似乎没有自己。他口中总是挂着斯琴高娃、姜文、陈道明、潘虹、刘晓庆、宋丹丹和第五代导演们那些出色的电影精英。他眼里全是别人的优点。能欣赏别人的优点是快乐的。还听得出来，他为拥有这些精英的中国电影而骄傲。

在此之外的老谢一刻不停地忙忙碌碌，找演员、搭班子、谈经费、来去匆匆去看外景。难得一见的是他在某个会议餐厅的一角，面前摆着从自助餐的菜台拣的一碟子爱吃的菜，还戳着一瓶老酒，临时拉不到酒友就一人独酌。这便是老谢最奢侈也是最质朴的人生享受了。他说全凭着酒，才能在野战军般南征北战的拍片生涯中落下一副好身骨。他说，这琼浆玉液使得他血脉流畅，充满活力。前七八年我和他在京东蓟县选外景时，他不小心被什么绊了一跤，摔得很重，吓坏了同行的人，老谢却像一匹壮健的马，一跃而起，满脸憨笑，没受一点伤。那年他 78 岁。

天生的好身体是他天性好强的本钱。他好穿球鞋和牛仔裤，喜欢独来独往，不喜欢陪伴，一位标准的职业电影人。虽然他穿上西服挺漂亮，但他认为西服是"自由之敌"。他从不关心全国文联副主席和政协常委算什么级别，也不靠着这些头衔营生；他只关心他拍出的电影分量。一次，一位朋友问他是不是不喜欢炒作自己。他说他相信真正的艺术评价来自口碑。也就是口口相传。因为对于艺术，只有被感动并由衷的认可才会告知他人。

这样的艺术家，活得平和、单纯而实在。那些年，年年政协会议期间文艺界的好朋友们都要到韩美林家热热闹闹地聚会一次。吴雁泽唱歌，陈钢弹曲，白淑湘和冯英跳舞，张贤亮吹牛，姜昆不断地用"现挂"撩起笑声。唯有老谢很少言语，从头到尾手端着酒杯，宽厚地笑着，享受着朋友们的欢乐。这时，他会用他很厚很热的手抓着我的手使劲地攥一下，无声地表达一种情意。最多说上一句："你这家伙不给我写剧本。"

他心里想的、嘴里说的还是电影！

我的确欠他一笔债。九十年代初他跑到天津要我为他写一部足球的电影。他说当年他拍了《女篮5号》之后，主管体育的贺龙元帅希望他再拍一部足球的影片。他说他欠贺老总一部片子。他这个情结很深。我笑着说，如果我写足球就从一个教练的上台写到他下台——足球怪圈的一个链环。他问我"戏"（影片）怎么开头。我说以一场大赛的惨败导致数万球迷闹事，火烧看台，迫使老教练下台和新教练上台——"好戏就开始了"。他听了眼睛冒光，直逼着我往下追问："教练上台的第一个细节是什么？"我想一想说："新教练走进办公室，一拉抽屉，里边一条上吊的绳子。这是球迷送给老教练的，现在老教练把这根上吊的绳子留给了他。"当时老谢使劲一拍我肩膀说，咱们合作了。但是在紧接着的亚运会期间，我和老谢一同坐在看台上看中国与泰国的足球赛，想找一点灵感。但那天中国队输了球，二比〇，很惨。赛后，我和老谢去找教练高丰文想问个究竟，请高丰文一定说实话，到底输在哪里。没料到高丰文说："还得承认人有个能力的问题。"

这句话给我很大的刺激，使我一下子抓不到电影的魂儿了。此后尽管老谢一个劲儿地催我写，但他也抓不住这部电影的魂儿了。合作就这样搁置。之后几年里，老谢一直埋怨我不肯为他出力，直到他看中我的一部中篇小说《石头说话》才算有了"转机"。我对他说："第一，我把这部小说送给你，不要原作版权；第二，我免费为你改写剧本。

但欠你的那笔'足球债'得给我销账了"。我嘴上说是"还债",心里却是想支持他。因为此时的谢晋拍电影已经相当困难。

谢晋无疑是中国当代电影史一位卓越的创造者。二十世纪后半个世纪,电影在中国是最大众化的艺术。谢晋是这中间的一个奇迹。从《舞台姐妹》《女篮5号》到《天云山传奇》《牧马人》《芙蓉镇》《鸦片战争》,他每一部作品都给千家万户带来巨大的艺术震撼。可以说从他的电影创作中可以清晰地找到当代电影史的脉络。谢晋的电影美学是典型的现实主义。他注重时代的主题,长于正剧,致力以强烈的戏剧冲突有声有色地推动故事;他善于调动观众的情感参与,尽可能面对最广大的受众;个性而丰满的人物是他的至上追求。不管电影怎么发展,电影的观念和技术怎么更新,历史是已经被认定的现实。谢晋是那个时代耀眼的骄子。他是在当代电影史写过光辉一页的大师。

然而,从历史的站头下车的人是落寞又尴尬的。晚年的老谢,走出电影创作的中心,但他不改好强的本性,为了筹资和找选题四处奔波。他曾给我寄来《拉贝日记》,还想叫我去法国寻觅冼星海遗落在那里的一段美丽的爱情往事。这期间,我的那个一直未上马的《石头说话》,几次燃起希望随后又石沉大海。相信还有别人与老谢也有同样的交往。我不求那个电影拍成,只望他有事可做。一位友人对我说:"老谢简直是挣扎了。他应该学会放弃,因为他的时代已经过去了。电影已经从文学化走向视觉化。他那种故事没人看了。"

我说:"你不懂老谢。电影是他的生命,他活一天,就得活在电影中。他最佩服黑泽明,因为黑泽明是死在拍摄现场的。他说他也会这样。"

今天,老谢终于完成了他这个可怕又浪漫的理想。听说他正要去杭州为他的《大人家》去筹款呢。

一个把事业做到生命尽头的工作狂,一个用生命基奠艺术的艺术家。他用一生诠释了艺术家真正的定义。艺术家就是要把全部生命放在艺术里，而不是还留一些放在艺术外边。

原本开笔写此文之时，心中一片哀伤，隐隐发冷。然而，写到这里，已经浑身火辣辣地充满激情。这好，我愿用这样的文章结尾送一送老谢。

2008 年 10 月 18 日

茅盾老人

　　刚刚茅公亲属来告，久病的茅公于昨日凌晨遽然长逝。初闻时心中怦然一动，随之潸潸泪下而全不自知。哀痛未尽时，却不由得想起两件小事来。

　　第一件事是在一九七七年。我和李定兴同志所著的长篇小说《义和拳》由人民文学出版社定稿待发。茅公从他亲属那里得知这部《义和拳》是出自两个青年人之手的处女作，欣然给我们题了书名。初题时是用繁体字，而出版社规定要用简体。我觉得为了一个字（"义"字）再去麻烦老人很不合适。经出版社研究，只好由总编辑韦君宜同志出面去请茅公改写。没过几天，负责封面的编辑来找我，给我一张纸，上面写了十多条"义和拳"三字，都用了简体，字迹清劲，俊逸洒脱，笔笔又着意而不苟，一望而知，这是茅公的手迹。这位编辑说："茅盾同志说，多写了几条，叫你们看哪条好，用哪条，随你们挑。"我听罢深受感动……茅公于三十年代就在文坛享有盛名，我们此时还都是默默无闻的文学青年；据我知道茅公右眼患眼疾，写这样的桃核大小的字颇为吃力。他何以这样认真和尊重我们？我于此间感受到的，除去老前辈的爱护与鼓励之外，还有一种伟大的文学家都具有的平等待人的高尚品德，如同璀璨的光照透我的心灵，使我学到了对于一个人民的作家来说比知识更为重要的东西。由此，我便生出要拜识茅公一面的渴望。

第二件事是一九七九年。我见到了茅公。

那是在人民文学出版社举办的"全国部分中长篇作者座谈会"上，茅公来讲话。

当时，新旧观念激烈抗争，多年来"左"的思潮正在受到"拨乱反正"的时代新潮流的猛烈冲击。出版社收到了三部中篇小说，其中包括我的《铺花的歧路》。这三部以十年动乱为题材的小说，都涉及到当时尚未明朗化的对"文化大革命"的评价问题，故此众说纷纭。出版社为了促进出版和创作两方面解放思想，事先把这三部中篇的梗概打印出来，请文艺界的领导同志发表意见。那天，在北京友谊宾馆大会议厅，茅公在讲话中再次热情和率直地肯定了这三部中篇的创作倾向和立意。由于我的中篇的结尾部分尚未定局，韦君宜同志叫我上台讲讲这部中篇，以求教于茅公。我到台上，严文井同志引我到茅公身前说：

"这就是您给题书名的《义和拳》的作者冯骥才。"

我终于见到这位渴望已久的当代文学大师。在台上大灯的强光里，看到了他苍老而慈祥的面容，连颗颗老年痣与一脸皱痕都看得清清楚楚。头顶上那历尽沧桑而稀疏的发丝银白闪亮。老人和我握手，让我坐在他身旁，叫我面对大厅内在座的人们讲话。我一口气说了二十分钟。说话间，我时而扭头看看身旁的茅公，他却一直把目光凝聚在我脸上，仿佛要把他衰老的并不旺盛的精力全部集中在我所讲的内容里。偶然间偏过耳朵，为了听清我的每一句话，待我讲过，他肯定了我的创作意图，并即刻给我小说的结尾一个在艺术上颇有见地的修改意见。就这样我改好了小说。小说出版后，在我收到许许多多读者来信时，就想起了茅公。在当时"左"的思潮仍在禁锢人们的大脑、束缚着人们的手脚时，这位风烛残年、体弱神衰的老人的思想锋芒仍然是犀利的；他像怀着一颗童心那样，直截了当、无所顾忌地打开自己的心扉。青年们勇敢的尝试多么希望得到老一辈这样鲜明有力的支持呀！

此后，我去过茅公家几次。他总是在待客。听说老人正在写回忆录，整理旧作和旧稿，每日来访者又是接踵不绝。为此，我一直未去打搅他，侵占老人宝贵而有限的时光。在我与他的亲属谈话时，隔窗见到老人踩着蹒跚的步子，穿过那花木繁茂的小院，忙忙碌碌地迎客送客。想到他的为人，看到他的为人，感受过他的为人，我那心中便盈满了对老人的敬重之情……

以他的成就，人们完全可以用"中国文坛的明星""当代文学巨人"去称呼他。而我此时感受到的，却又是一位宽厚可亲的长者，一个慈爱、平和、通达的老人离开了我们。他带去了多少宝贵的东西，他又留下了多少宝贵的东西，谁能计量？

在此悼念茅公之际，这两件小事重现眼前。重温往事，想到从此再不能见到老人，聆听教诲，痛切万分。但转而又想，自己一个才刚开端写作不久的青年，有幸接触到与我年龄相隔半个世纪的文坛巨匠，受过他的关切，仅见一面，却留下了这两桩值得记下的事情，也算是一种慰安吧。

作此小文时，想到茅公，年高八旬之上，在经历了十年劫难过后，于辞世之前，已然眼见自己为之奋斗的文学事业正在复兴昌盛，也是他老人家最后的福分了。写到这里，心中感慨万端，不由得住笔。默默祈望老人在九泉之下，宽心而含笑地长眠吧！

1981 年 3 月 28 日

巴金百岁

二〇〇三年十一月二十五日是中国文坛美丽的一天，老天爷顺从人愿，把人间一个顶级的寿桃赠送给了我们的巴金。

此刻，巴老在上海武康路的寓所一准溢满了鲜花的芬芳与色彩。华东医院那间静静的休养室想必被精心装点得生意盎盎吧。巴老脸上也一定会浮出笑意。这来自生命深处的笑意，陡然驱走了深藏在他满脸皱纹中岁月重重的阴影……想到这里，我一下子感受到一个世纪辽阔而多事的空间。一个人的生命竟有这样浩瀚的包容，而这个生命的本身又是这样清晰、透彻而完美。

在历史的大地千千万万杂沓的足迹里，我们可以清清楚楚地辨认出他一个个精神的足印。他最初那些振聋发聩的反封建的文学；他后来向国人介绍西方文化经典所做的那么重要的翻译与出版工作；当然，他也有过彷徨与踌躇，但在《随想录》里全都自我校正了。这种个人的"忏悔"不是带来一个时代的心灵反省吗？跟着，他要用博物馆的方式终结"文革"，就像把魔鬼装进瓶子，塞上塞子；把严冬关在昨日，锁紧了锁——这都是在呼唤春天和安宁永驻人间。

　　作家总是在全身心地着意于世界时，无意中创造了自己。于是，巴金给我们一个完整的人格和水晶般透明的心灵；他从不囿于一己的悲欢，而把大地的苦乐看得至高无上；他对善恶之间的界限毫不含糊，勇敢地面对生活，也勇敢地面对自己。他用了整整一个世纪，才完成了这样一个品格。这才是巴金真正的财富，也是文学的财富。他叫我们懂得真正的文学财富，不只是一两本好书，更不是几本畅销书，而是在波涛汹涌的文字中那个透彻的人格与心灵。正如他所说的一句再普通不过的话："把心交给读者。"但我们谁能像他这样彻底地真实与高贵？

　　由于老寿星的健在，许多在别处已经成为历史的，在他这里依然是脉搏跳动着的生命的一部分。过往的风景没有褪色，往日的精神鲜活如初。精神是不会过时的，也是不灭的。而百岁的巴金把"五四"时代进步知识分子的精神传统与人格传统一直活生生地带到今天！

　　我们希望这个传统传衍不断。我们祝他长寿更长寿，一是为了他本人的幸福，一是因为他是这种传统与精神的象征。

2003 年 11 月 20 日

第五辑

除夕情怀

　　除夕是一年最后一天，最后一个夜晚，是一岁中剩余的一点短暂的时光。时光是留不住的，不管我们怎么珍惜它，它还是一天天在我们的身边烟消云散。古人不是说过："黄金易得，韶光难留"吗？所以在这一年最后的夜晚，要用"守岁"——也就是不睡觉，眼巴巴守着它，来对上天恩赐的岁月时光以及眼前这段珍贵的生命时间表示深切的留恋。

　　除夕是中国人最具生命情感的日子。所以此时此刻一定要和自己有着血缘关系的亲人团聚一起。首先是生养自己的父母。陪伴老人过年，有如依偎着自己生命的根与源头，再有便是和同一血缘的一家人枝叶相拥，温习往昔，尽享亲情。记得有人说："过年不就是一顿鸡鸭鱼肉的年夜饭吗？现在天天鸡鸭鱼肉，年还用过吗？"其实过年并不是为了那一顿美餐，而是团圆。只不过先前中国人太穷，便把平时稀罕的美食当作一种幸福，加入到这个人间难得的团聚中。现在鸡鸭鱼肉司空见惯了，团圆却依然是人们的愿望、年的主题。腊月里到火车站或机场去看看声势浩大的春运吧。世界上哪个国家会有一亿人同时返乡，不都要在除夕那天赶到家去？他们到底为了吃年夜饭还是为了团圆？

此刻，我想起关于年夜饭的一段往事——

一年除夕，家里筹备年夜饭，妻子忽说："哎哟，还没有酒呢。"我说："我忙的都是什么呀，怎么把最要紧的东西忘了！"

酒是餐桌上的仙液。这一年一度的人间的盛宴哪能没有酒的助兴、没有醉意？我忙披上棉衣，围上围巾，蹬上自行车去买酒。家里人平时都不喝酒，一瓶葡萄酒——哪怕是果酒也行。

车行街上，天完全黑了，街两旁高高低低的窗子都亮着灯。一些人家开始年夜饭了，性急的孩子已经噼噼啪啪点响鞭炮。但是商店全上了门板，无处买到酒，我却不死心，无论如何也不能让这顿年夜饭没有酒。车子一路骑下去，一直骑到百货大楼后边那条小街上，忽见道边一扇小窗亮着灯，里边花花绿绿，分明是个家庭式的小杂货铺。我忙跳下车，过去扒窗一瞧，里边的小货架上天赐一般摆着几瓶红红的果酒，大概是玫瑰酒吧。踏破铁鞋终于找到它了！我赶紧敲窗玻璃，里边出现一张胖胖的老汉的脸，他不开窗，只朝我摇手；我继续敲窗，他隔窗朝我叫道："不卖了，过年了。"我一急，对他大叫："我就差一瓶酒了。"谁料他听罢，怔了一下，刷地拉开小小的窗子，里边热乎乎混着炒菜味道的热气扑面而来，跟着一瓶美丽的红酒梦幻般地摆在我的面前。

我付了钱，对他千恩万谢之后，把酒揣在怀里贴身的地方。我怕把酒摔了，然后飞快地一口气骑车到家。刚才把酒揣进怀里时酒瓶很凉，现在将酒从怀间抽出时，光溜溜的酒瓶竟被身体焐得很温暖。

当晚这瓶廉价的果酒把一家人扰得热乎乎，我却还在感受着刚才那位老汉把酒"啪"地放在我面前的感觉。他怎么知道我那时为年夜饭缺一瓶酒时急切的心情？很简单——因为那是人们共有的年的情怀。

于是我又想起，一年的年根在火车站上。车厢里人满为患，连走道上也人贴着人地站着。从车门根本挤不上去，有人就从车窗往里爬。我看一个年轻人，半个身子已经爬进车窗，车里的熟人往里拉他，站台上工作人员往外拽他。双方都在使劲，这年轻人拼命地往车里挣扎。就在这时候，忽然站台上的人不拉了，反倒笑嘻嘻把他推上去。我想，要是在平时，站台的工作人员绝不会把他推上去，但此时此刻为什么这样做？为了帮他回家过年。

年，真的是太美好的节日、太好的文化了。在这种文化氛围里，人人无需沟通，彼此心灵相应。正为此，除夕之夜千家万户燃起的烟花，才在寒冷的夜空中交相辉映，呈现出普天同庆的人间奇观。也正为此，那风中飘飞的吊钱，大门上斗大的福字，晶莹的饺子，感恩于天地与先人的香烛，风雪沙沙吹打的灯笼和人人从心中外化出来的笑容，才是这除夕之夜最深切的记忆。

除夕是中国人用共同的生活理想创造出来——并以各自的努力实现的现实。

2008 年春节

年 意

年意一如春意或秋意，时深时浅时有时无。然而，春意是随同和风、绿色、花气和嗡嗡飞虫而来，秋意是乘载黄叶、凉雨、瑟瑟天气和凋残的风景而至，那么年意呢？

年意不像节气那样——宇宙的规律，大自然的变化，都是外加给人的……它很奇妙！比如伏天挥汗时，你去看那张传统而著名的木版年画《大过新年》，画面上风趣地描绘着大年夜阖家欢聚的种种情景，你呢？最多只为这民俗的意蕴和稚拙的版味所吸引，并不被打动。但在腊月里，你再去瞅这花花绿绿的画儿，感觉竟然全变了。它变得亲切、鲜活、热烈、火爆，一下子撩起你过年的兴致。它分明给了你以年意的感染。但它的年意又是哪来的呢？倘若含在画中，为何夏日里你却从中丝毫感受不到？

年年一喝那杂米杂豆熬成的又黏又甜味道独特的腊八粥，便朦胧看到了年，好似彼岸那样在前面一边诱惑一边等待了。时光通过腊月这条河，一点点驶向年底。年意仿佛大地寒冬的雪意，一天天簇密和深浓。你想一想，这年意究竟是怎样不声不响却日日加深的？谁知？是从交谈中愈来愈多说到"年"这个字，是开始盘算如何购置新衣、装点房舍、筹办年货……还是你在年货市场挤来挤去时，受到了人们要把年过好那股子高涨的生活热情的传染？年货，无论是吃的、玩的、看的、使的，全都火红碧绿艳紫鲜黄，亮亮堂堂，生活好像一下子点满灯。那些年年此时都要出现的图案，一准全冒出来——松菊、蝙蝠、鹤鹿、老钱、宝马、肥猪、刘海、八仙、喜鹊、聚宝盆，谁都知道它们暗示着富贵、长寿、平安、吉利、好运与兴旺……它们把你围起来，掀动你的热望，鼓舞你的欲求，叫你不知不觉把心中的祈望也寄托其中了。祖祖辈辈不管今年的希望明年是否落空，不管老天爷的许诺是否兑现，他们照样活得这样认真、虔诚、执着与热情。唯有希望才使生活充满魅力……

当窗玻璃外冷冽的风撩动红纸吊钱敲打着窗户，或是性急的小孩子提前零落地点响爆竹，或是邻人炖肉煮鸡的芬芳窜入你的鼻孔，大年将临，甚至有种逼迫感。如果此时你还欠缺几样年货未有齐备，少四头水仙或二斤大红苹果，不免会心急不安，跑到街上转来转去，无论如何也要把这必备的年货买齐。圆满过年，来年圆满。年意原来竟如此深厚、如此强劲！如果此时你身在异地，急切回家；那一列列火车被返乡度年的人满满实实挤得变了形。你生怕误车而错过大年夜的团圆，也许会不顾挨骂、撅着屁股硬爬进车窗。年意还是一种着魔发疯的情绪！

不管一年里你有多少失落与遗憾，自艾自怨。但在大年三十晚上坐在摆满年饭的桌旁，必须笑容满面。脸上无忧，来年无愁。你极力说着吉祥话和吉利话，极力让家人笑，家人也极力让你笑；你还不自觉地让心中美好的愿望膨胀起来，热乎乎填满你的心怀。哎，这时你是否感觉到，年意其实不在任何其他地方，它原本就在你的心里，也在所有人的心里。年意不过是一种生活的情感、期望和生机。而年呢？就像一盏红红的灯笼，一年一度把它迷人地照亮。

1994 年 2 月 9 日

《今晚报》首发

守　岁

一种昔时的年俗正在渐渐离开我们，就是守岁。

守岁是老一代人记忆最深刻的年俗之一，如今发生了变化——特别是城市人，最多是等到子午交时之际给亲朋好友打个电话发个短信拜个年，然后上床入睡，完全没有守岁那种意愿、那种情怀、那种执着。

我已不记得自己哪年开始不再守岁了，却深刻记得守岁那时独有的感觉。每到腊月底就兴奋地叫着今年非要熬个通宵，一夜不睡。好像要做一件什么大事。父母笑呵呵说好呵，只要你自己不睡着就行，绝没人强叫你睡。

记得守岁的前半夜我总是斗志昂扬，充满信心。一是大脑亢奋，一是除夕的节目多；又要祭祖拜天地，又要全家吃长长的年夜饭，最关键的还是午夜时那一场有如万炮轰天的普天同庆的烟花爆竹。尽管二踢脚、雷子鞭、盒子炮大人们是绝不叫我放的，但最后一个烟花——金寿星顶上的药捻儿，却一定由我勇敢地上去点燃。火光闪烁中父母年轻的笑脸现在还清晰记得。

待到燃放鞭炮的高潮过后，才算真正进入了守岁的攻坚阶段。大人们通常是聊天，打牌，吃零食，过一阵子给供桌换一束香。这时时间就像牛皮筋一样拉得愈来愈长了；瞌睡虫开始在脑袋喷洒烟雾。

无事可做加重了困倦感，大人们便对我说笑道：可千万不能睡呀。

我一边嘴硬，一边悄悄跑到卫生间用凉水洗脸，甚至独出心裁地把肥皂水弄到眼睛里去。大人们说，用火柴棍儿把眼皮支起来吧。

年年的守岁我都不知道怎么结束的。但睁眼醒来一定是在床上，睡在暖暖的被窝里。枕边放着一个小小的装着压岁钱的红纸包，还有一个通红、锃亮、香喷喷的大苹果。这寓示平安的红苹果是大人年年夜里一准要摆在我枕边上的。一睁眼就看到平安。

我承认，在我的童年里，年年都是守岁的失败者，从来没有一次从长夜守到天明。

故而初一见到大人时，总不免有些尴尬，尤其是想到头一天信誓旦旦要"今夜绝不睡"之类的话。当然，我也会留意大人们的样子，令我惊奇的是：他们怎么就能熬过那漫长一夜？

其实很简单，因为他们知道为什么守夜。可是守夜的道理并不简单。

后来我对守岁的理解，缘自一个词"辞旧迎新"。而首先是"辞"字。

辞，是分手时打声招呼。

和谁打招呼，难道是对即将离去的一年吗？

古人对这一年缘何像对待一位友人？

这一年仅仅是一段不再有用的时间吗？那么新的一年大把大把可供使用的时间呢？又是谁赐予我们的？是天地，是命运，还是生命本身？任何有生命的事物不都是它首先拥有时间吗？

可是，时间是种奇妙的东西。你什么也不做，它也在走；而且它过往不复，无法停住，所以古人说"黄金易得，韶光难留"。也许我们平时不曾感受时间的意义。但在这旧的一年将尽的、愈来愈少的时间里——也就是坐在这儿守岁的时刻里，却十分具体又真切地感受到时光的有限与匆匆？它在一寸一寸地减少。在过去一岁中，不管幸运与不幸，不管"喜从天降"还是留下无奈、委屈与错失——它们都已成为我们生命的一部分。在它即将离我们而去时，我们便有些依依不舍。所以古人要"守"着它。

守岁其实是看守住属于自己的时间与生命，表达着我们的生命情感。

然而，守岁这一夜非比寻常。它是"一夜连两岁，五更分二年"。因而，我们的古人便是一边辞旧，一边迎新。以"辞"告别旧岁，以"迎"笑容满面迎接生命新的一段时光的到来。新的一年是未知的，不免小心翼翼。古人过年要通宵点灯，为了不叫邪气暗中袭入；还在年画上所有形象都画上笑眼笑口，以寓吉祥。由于对未来的这种盛情，所以正月初一破晓"迎财神"的鞭炮更加欢腾。

于是，我们的年俗就这样完成岁月的转换，以"辞"和"迎"表达对生命的敬畏，以长长的守夜与天地一年一度的"天人合一"。

我们和洋人的文化真有些不同。洋人对新年只有狂欢，我们的心理似乎复杂得多，其情其意也深切得多。可是我们正在一点点离开这些。

这到底是因为农耕文明离我们愈来愈远，还是人类愈来愈强势无须在乎大自然了？

守岁渐行渐远。当然，我们不必为守岁而勉强守岁。民俗是一种集体的心愿，没有强迫。只盼我们守着这点对大自然和生命的敬畏吧。

2013 年 1 月 30 日

大年三十

今天是大年三十——中国人一年生活中最重要的日子。为什么这么说？

在漫长的农耕社会，人们生活的节律与生产的节律是一致的，而生产的节律又与大自然的节律合拍。大自然以一年为一个周期，分作春夏秋冬，人们的生产便是春种夏养秋收和冬藏，这也是生活最主要的内容，因而也是一个生产和生活的周期和人生的一年。这个周期过去，下个周期来临，周而复始，循环不已。在前后两个周期、两个年之间有一个节点，就是大年三十。

人们每次站在这个节点——大年三十这一天，都会强烈地感受到四个字：除旧迎新。

不管将离我们而去的这一年，有多少喜悦、欢乐、幸运、遗憾、失算和痛苦，此刻都已经跑到身后，我们面对着驾驭着春风而来的新的一年。

过去的一岁是已知的、既定的、不可更改的；新来的一年是未知的、费猜的、难以预料的。所以，人们的年心理总是小心翼翼。这种心理反映在民俗上就是种种禁忌。忌哭，忌摔碎东西，忌说不吉利的话，其实是巴望着昨日的麻烦与不幸不在明天出现。故而中国人在这一天习俗中不断彰显的两个意念是辟邪与祈福。门神、钟馗、鞭炮、压岁（祟）钱等等皆与辟邪相关；福字、春联、烟花、灯笼、财神、蝙蝠、八仙、金鱼、石榴等等全都象征着对种种世间幸福的祈望。

习俗是一种被广泛认同、共同遵循与代代相传的精神方式。

这样，这个原本是大自然冬去春来的季节性的时间节点上，被注入了一种人间的精神理想。这种精神含着目标，理想充满浪漫，于是这一天就被创造出来了。

在靠天吃饭的农耕社会，生活不富裕，平时吃得差，穿得一般，过年这一天就非要新衣新鞋和鱼肉荤腥不可，哪怕辫子扎上"二尺红头绳"；平时一家人你在天涯我在海角，这一天便非要赶回家，把团圆的梦化为现实。生活被理想化了，同时理想也被生活化了。理想被拉到眼前，在大年三十成为现实，成为活生生的天伦之乐。究竟什么力量把这原本普普通通的一天如此神奇地放大。当然是年文化。中国的年文化有多厉害！

年文化不是哪一天建立起来的。它是数千年历史中不断创造、选择、约定俗成和不断加强出来的。它通过大量密集的民俗方式，五彩缤纷的节日包装，难以数计的吉祥图案，构筑起年的理想主义的景象。它既有视觉（颜色与图像）的、听觉（鞭炮与拜年的呼声）的、味觉（应时食品）的、又有嗅觉（香火和火药）的；它们占有了我们所有感官，直到心灵。我们创造的文化迷住了我们自己。由此我们懂得，真正的文化不在大轰大嗡的用金钱造势的文化节上，而是看它是否浸入人的心灵和血液中。看一看当今年年腊月里的春运就会感受到文化有多大力量。一亿多人加入到浩浩荡荡"回家过年"的春运队伍。除去春节和年文化，谁能调动起如此阵势的千军万马？这一刻，深深地感受到中华文化深刻地潜在我们的血液里，一年一度地发作一次。

回家就是为了大年三十。这一天意味着故乡、热土、父母、家园、血缘、根脉。这一天是人们创造的文化为自己规定的团圆的时刻。因此，这一天的文化氛围是激情、温馨、和谐与富足。

当然，生命也在这一天经历着特别的感受。

不管怎样兴致勃勃地打算着未来的一年，但毕竟要与眼前一点点失不再来的时光依依惜别，并开始与陌生的时光发生接触。中国人不像西方人那样倒计时地数着数字迎接新年，然后狂欢，而是静静地"守岁"。守着只有在这一段时间才能看见来去匆匆的生命时间的珍贵。你体会过唐太宗在《守岁》诗中"迎送一宵中"的感觉吗？

小时候大年三十午夜燃放鞭炮过后，守岁的大人们仍不见困意，孩子们却一个个挺不住了。我还跑到水管前，把凉水揉进不争气的疲软的眼皮。宋人苏轼不是也说"儿童强不睡"吗？那一刻会感到长夜无边的意味，随后便浑然不觉、流烟一样地进入了软软的梦乡。待一睁眼，第二天，也是新的一年的头一天，眼前一片闪闪发光，异常明亮，好像什么都是新的，包括空气。

时间有时也是空间。

当我们从旧的一年跨入新的一年，就像从一个空间走进另一个空间。这个崭新的空间又大又空，充满不曾使用过的时间。人们在这一瞬的期望是万象更新。

那时的孩子们会忽然看到一个又大又红的苹果摆在枕边，原是大人在年夜里悄悄放在这里的，香喷喷地散发着一种深切的祝福——终岁平安。

就这样，人生又一个大年三十已经留在记忆里了。

2011 年 2 月 1 日

年夜思

　　民间有些话真是意味无穷，比如"大年根儿"。一年的日子即将用尽，就好比一棵树，最后只剩一点根儿——每每说到这话的时候，便会感受到岁月的空寥，还有岁月的深浓。我总会去想，人生的年华，到底是过一天少一天，还是过一天多一天？

　　今年算冷够劲儿了。绝迹多年的雪挂与冰柱也都奇迹般地出现。据说近些年温温吞吞的暖冬是厄尔尼诺之所为；而今年大地这迷人的银装素裹则归功于拉尼娜。听起来，拉尼娜像是女性的称呼，厄尔尼诺却似男性的名字。看来，女性比起男性总是风情万种。在这久违的大雪里，没有污垢与阴影，夜空被照得发亮，那些点灯的窗子充满金色而幽深的温暖。只有在这种浓密的大雪中的年，才更有情味。中国人的年是红色的，与喜事同一颜色。人间的红和大自然的银白相配，是年的标准色。那飞雪中飘舞的红吊钱，被灯笼的光映红了的雪，还有雪地上一片片分外鲜红的鞭炮碎屑，深深嵌入我们儿时对年的情感里。

　　旧时的年夜主要是三个节目。一是吃年饭，一是子午交接时燃放烟花爆竹，一是熬夜。儿时的我，首先热衷的自然是鞭炮。那时我住在旧英租界的大理道。鞭炮都是父亲遣人到宫北大街的炮市上去买，用三轮运回家。我怀里抱着那种心爱的彩色封皮的"炮打双灯"，自然瞧不见打扮得花枝招展而得意扬扬的姐姐和妹妹们。至于熬夜，年年都是信誓旦旦，说非要熬到天明，结果年年都是在劈劈啪啪的鞭炮声里，不胜困乏，眼皮打架，连怎么躺下、脱鞋和脱衣也不知道。早晨睁眼，一个通红的大红苹果就在眼前，由于太近而显得特别大。那是老时候的例儿，据说年夜里放个苹果在孩子枕边，可以保平安。

在儿时，我从来没把年夜饭看得特别非凡。只以为那顿饭菜不过更丰盛些罢了。可是轮到我自己成人又成家，身陷生活与社会的重围里，年饭就渐渐变得格外重要了。

每到年根儿，主要的事就是张罗这顿年饭。七十年代的店铺还没有市场观念。卖主是上帝。冻鸡冻鸭以及猪头都扔在店门外的地上。猪的"后座"是用铡刀切着卖；冻成大方坨子的带鱼要在马路上摔开。做年饭的第一项大工程，是要费很大的力气把这些带着原始气息的荤腥整理出来。记忆中的年饭是一碗炖肉，两碟炒菜，还有炸花生，松花蛋，凉拌海蜇和妻子拿手的辣黄瓜皮——当然每样都是一点。此外还有一样必不可少的，那是一只我们宁波人特有的红烧鸭子，但在七十年代吃这种鸭子未免奢侈，每年只能在年饭中吃到一次。这样一顿年饭，在当时可以说达到了生活的极致。几千年来，中国人的年饭一直是中国社会经济状况的最真实的上限的"水位"。我说的中国人当然是指普通百姓，绝不是官宦人家。年的珍贵，往往就是因为人们把生活的企望实现在此时的饭桌上。那些岁月，年就是人生中一年一度用尽全力来实现出来的生活的理想呵！平日里把现实理想化，过年时把理想现实化。这是中国人对年的一个伟大的创造。

然而，这年饭还有更深的意义。由于年饭是团圆饭。就是这顿年饭，召唤着天南海北的家庭成员，一年一次地聚在一起。为了重温昨日在一起时的欢乐，还是相互祝愿在海角天涯都能前程无碍和人寿年丰？此刻杯中的酒，碗里的菜，都是添加的一种甜蜜蜜的黏合剂罢了。那时，父亲在世，年年都去他家，钻进他的阴暗的小屋，陪他吃年饭。他那时挨整。每天的惩罚是打扫十三个厕所，冬天里便池结冰，就要动手去清理。据说"打扫厕所就是打扫自己脑袋里的思想"。于是我们的年饭就有了另一层意愿——叫他暂时忘了现实！可是我们很难使他开心地笑起来。有时一笑，好似痉挛，反倒不如不笑为好。父亲这奇特而痛苦的表情就被我收藏在关于年的记忆中。每年的年夜都会拿出来看一看。

旧时中国人的年，总是要请诸神下界。那无非是人生太苦，想请神仙们帮一帮人间的忙。但人们真的相信有哪位神仙会伸手帮一下吗？中国人在长期封建桎梏中的生存方式是麻痹自己。一九六七年我给我那时居住的八平方米的小屋起名字叫宽斋。宽是心宽，这是对自己的一种宽慰；宽也是从宽，这是对那个残酷的时代的一种可怜的痴望。但起了这名字之后我的一段生活反倒像被钳子死死钳住了一样。记得那年午夜放炮时，炸伤了右手的虎口，以致很长时候不能握笔。

我有时奇怪。像旧时的年，不过吃一点肉，放几个炮。但人们过年怎么会有这么大的劲头？那时没有电视春节晚会，没有新春音乐会和新商品展销，更没有全家福大餐。可是今天有了这一切，为什么竟埋怨年味太淡？我们怀念往日的年味，可是如果真的按照那种方式过一次年，一定会觉得它更加空洞乏味了吧！

我想，这是不是因为我们一直误解了年？

我们总以为年是大吃大喝。这种认识的反面便是，有吃有喝之后，年就没什么了。其实，吃喝只是一种载体，更重要的是年赋予它的意义。比如吃年饭时的团圆感、亲情、孝心，以及对美好未来的希冀与祝愿。正为此，愈是缺憾的时候，渴望才来得更加强烈。年是被一种渴望撑大的。那么，年到底是精神的，还是物质的？当然它首先是精神的！它绝不是民族年度的服装节与食品节。而是我们民族一年一度的生活情感的大爆发，是以家庭为单位的大团聚，是现实梦想的大表现。正因为这样，年由来已久；年永世不绝。只要我们对生活的向往与追求紧拥不弃，年的灯笼就一定会在大年根儿红红地照亮。

写到此处，忽有激情迸发，奔涌笔端，急忙展纸，挥笔成句，曰：

> 玉兔已乘百年去，
> 青龙又驾千岁来；
> 风光铺满前程地，
> 鲜花随我一路开。

一时写得水墨淋漓，锋毫飞扬，屋内灯烛正明，窗外白雪倍儿亮。心无块垒，胸襟浩荡是也。

庚辰春节于津门醒夜轩

过年和辟邪

　　每到年根底下，有两种心理从中国人的心中油然而生：一曰祈福，一曰辟邪。这心理随着年意日深，愈加浓郁地散布在年的行为和年的妆点中。其实，年俗的意蕴，无非就是祈福与辟邪这两个内容。为此民间年画中的门神便分为两种，一是手执兵器以辟邪的武门神，一是托举财宝以迎福的文门神。

　　祈福，就是祈求富余发财，家安事顺，功业兴旺，一切生活和社会的欲望得到满足；辟邪，就是避免灾祸、疾病和不测风云。这是人类有生以来和有史以来两个最基本的愿望。祈福是一种对人间的要求，辟邪却是对自身命运的企望。看来辟邪是第一位的，人不康乐，钱多何用？所以有句俗话说：平安即是福。

　　在遥远的缺乏科学的古代，人们对天灾人祸和自身疾病不能预知，也不能违抗，便把这些灾难当作邪魔作怪。中国是个农业国，一年四季，春耕秋收，循环往复，过年是新的一轮的开始，每逢此时总是对未来充满憧憬，祈福与辟邪也就来得分外强烈。年俗中，燃鞭放炮有驱魔吓鬼之意，吃饺子含有"送祟"之心，守夜时灯火通明，为了不叫妖邪在阴暗处藏身……今人斥之为迷信，这也过分简单。古人在那样的科学水平上，对危害他们的事物不能明白根由，更无从把握，只能想象出"万物有灵"，并幻想出可怕的妖魔来。世界上各民族古老而狰狞的面具，不都是用来驱妖降魔的吗？而今天人类的科学对世界万物又能解释多少？为什么人类能把火箭送到木星上，却不能制造出一只小小的能爬的蚂蚁？生命之谜依然不能破解！如今，地震无法预报，天气不能左右，不治之症依旧时时处处成为人的恶性的主宰。往往事情轮到自家头上，一种命运感连同祈福与辟邪这两个古老的愿望，便深刻地潜入心底。只要生命之谜和宇宙之谜存在，人们总会沉湎于这种自慰的心理氛围中。

在中国人眼里，邪气属阴，必以阳刚退之。比如，年俗中惯用大红色，大红即表示火热吉庆，又代表炽盛的阳气，用以辟除妖邪。再比如，辟邪的图画一概是刚正不阿、威猛难挡的阳刚形象。例如忠义千古的关公、勇猛骁强的秦叔宝和尉迟敬德、法力无边的姜太公和张天师，以及吃鬼的钟馗和挟弹射天狗的张弓。最常见用来辟邪的动物是雄鸡和猛虎。在民间的传说中，雄鸡吃五毒，猛虎食恶鬼。这样的门神贴在大门上，一派凛然之气，邪魔不逐自退。有趣的是，在民间画师的笔下，这些猛禽猛兽既威武雄壮，又娇憨可爱。比如陕西凤翔有幅古版门画《镇宅神虎》，一条大虫，目瞪如灯，张牙舞爪，极是猛悍，然而在它身旁那只小虎犊却淘气地模仿着它的神气，一边还晃头扬足，向它撒娇，于是画面就生出一番亲切，与过年所需要的吉庆气氛取得一致。辟邪的虎，只吓鬼而不吓人，中国民间玩具中的布老虎，以及孩子们头上戴的虎头帽和脚上穿的虎头鞋，都是这样。中国人往往把伤人的猛兽画得可以亲近，这造成心理的祥和与安全感。龙掌管着雨水和洪水，狮子是万兽之王，天下无敌，中国人过年时却拿它们出来耍一耍，这就可以减轻平时对它们的畏惧，还可以借助其威，驱逐邪魔。这不仅表明中国人对大自然的主动性，对环境的融合精神和对生活的热情，以及乐观和幽默，还显示了中国人"天人合一"。

这最高境界的宇宙观。

甲戌腊月二十三于津门

第六辑

永恒的震撼

　　这是一部非常的画集。在它出版之前，除去画家的几位至爱亲朋，极少有人见过这些画作；但它一经问世，我深信无论何人，只要瞧上一眼，都会即刻被这浩荡的才情、酷烈的气息，以及水墨的狂涛激浪卷入其中！

　　更为非常的是，不管现在这些画作怎样震撼世人，画家本人却不会得知——不久前，这位才华横溢并尚且年轻的画家李伯安，在他寂寞终生的艺术之道上走到尽头，了无声息地离开了人间。

　　他是累死在画前的！但去世后，亦无消息，因为他太无名气。在当今这个信息时代，竟然给一位天才留下如此巨大的空白，这是对自诩为神通广大的媒体的一种讽刺，还是表明媒体的无能与浅薄？

　　我却亲眼看到他在世时的冷落与寂寥——

　　1995年我因参加一项文学活动而奔赴中州。最初几天，我被一种错觉搞得很是迷惘；总觉得这块历史中心早已迁徙而去的土地，文化气息异常地荒芜与沉滞。因而，当画家乙丙说要给我介绍一位"非凡的人物"时，我并不以为然。

初见李伯安，他可完全不像那种矮壮敦实的河南人。他拿着一叠放大的画作照片站在那里：清瘦，白皙，谦和，平静，绝没有京城一带年轻艺术家那么咄咄逼人和看上去莫测高深。可是他一打开画作，忽如一阵电闪雷鸣，夹风卷雨，带着巨大的轰响，瞬息间就把我整个身子和全部心灵占有了。我看画从来十分苛刻和挑剔，然而此刻却只有被征服、被震撼、被惊呆的感觉。这种感觉真是无法描述。更无法与眼前这位羸弱的书生般的画家李伯安连在一起。但我很清楚，我遇到一位罕世和绝代的画家！

这画作便是他当时正投入其中的巨制《走出巴颜喀拉》。他已经画了数年，他说他还要再画数年。单是这种"十年磨一画"的方式，在当下这个急功近利的时代已是不可思议。他叫我想起了中世纪的清教徒，还有那位面壁十年的达摩。然而在挤满了名人的画坛上，李伯安还是个"无名之辈"。

我激动地对他说，等到你这幅画完成，我们帮你在中国美术馆办展览庆祝，让天下人见识见识你李伯安。至今我清楚地记得他脸上出现一种带着腼腆的感激之情——这感激叫我承受不起。应该接受感激的只有画家本人。何况我还丝毫无助于他。

自此我等了他三年。由乙丙那里我得知他画得很苦。然而艺术一如炼丹；我从这"苦"中感觉到那幅巨作肯定被锻造得日益精纯。同时，我也更牢记自己慨然做过的承诺——让天下人见识见识李伯安。我明白，报偿一位真正的艺术家的不是金山银山，而是更多的知音。

在这三年，一种莫解的感觉始终保存在我心中，便是李伯安曾给我的那种震撼，以及震撼之后一种畅美的感受。我很奇怪，到底是一种什么力量，竟震撼得如此持久？如此磅礴、强烈、独异与神奇？

现在，打开这部画集，凝神面对着这幅以黄河文明为命题的百米巨作《走出巴颜喀拉》时，我们会发现，画面上没有描绘这大地洪流的自然风光，而是全景式展开了黄河两岸各民族壮阔而缤纷生活图景。人物画要比风景山水画更直接和更有力地体现精神实质。这便叫我们一下子触摸到中华民族在数千年时间长河中生生不息的那个精灵；一部浩瀚又多难的历史大书中那个奋斗不已的魂魄；还有，黄河流域无处不在的那种浓烈醉人的人文气息。纵观全幅作品，它似乎不去刻意于一个个生命个体，而是超时空地从整个中华民族升华出一种生命精神与生命美。于是这百米长卷就像万里黄河那样浩然展开。黄河文明的形象必然像黄河本身那样：它西发高原，东倾沧海，翻腾咆哮，汪洋恣肆，千曲百转，奔涌不回，或滥肆而狂放，或迂结而艰涩，或冲决而喷射，或漫泻而悠远……这一切一切充满了象征与意象，然而最终又还原到一个个黄河儿女具体又深入的刻画中。每一个人物都是这条母亲河的一个闪光的细节，都是对整体的强化与意蕴的深化，同时又是中国当代人物画廊中一个个崭新形象的诞生。

我们进一步注目画中水墨技术的运用，还会惊讶于画家非凡的写实才华。他把水墨皴擦与素描法则融为一体，把雕塑的量感和写意的挥洒混合其间。水墨因之变得充满可能性和魅力无穷。在他之前，谁能单凭水墨构成如此浩瀚无涯又厚重坚实的景象！中国画的前途——只在庸人之间才辩论不休，在天才的笔下却是一马平川，纵横捭阖，四望无垠。

当然，最强烈的震撼感受，还是置身在这百米巨作的面前。从历代画史到近世画坛，不曾见过如此的画作——它浩瀚又豪迈的整体感，它回荡其间的元气与雄风，它匪夷所思的构想，它满纸通透的灵性，以及对中华民族灵魂深刻的呈现。在这里——精神的博大，文明的久远，生活的斑斓，历史的峻嶒，这一切我们都能有血有肉、充沛有力的感受到。它既有放乎千里的横向气势，又有入地三尺的纵向深度；它本真、纯朴、神秘、庄重……尤其一种虔诚感——那种对皇天后土深切执着的情感——让我们的心灵得到净化，感到飞升。我想，正是当代人，背靠着几千年的历史变迁又经历了近几十年的社会动荡，对自己民族的本质才能有此透彻的领悟。然而，这样的连长篇史诗都难以放得下的庞大的内容，怎么会被一幅画全部呈现了出来？

现在我才找到伯安早逝的缘故。原来他把自己的精神血肉全部搬进这幅画中了！

人是灵魂的，也是物质的。对于人，物质是灵魂的一种载体。但是这物质的载体要渐渐消损。那么灵魂的出路只有两条：要不随着物质躯壳的老化破废而魂飞魄散，要不另寻一个载体。艺术家是幸运的。因为艺术是灵魂一个最好的载体，当然这仅对那些真正的艺术家而言。当艺术家将自己的生命转化为一个崭新而独特的艺术生命后，艺术家的生命便得以长存。就像李伯安和他的《走出巴颜喀拉》。

然而，这生命的转化又谈何易事！此中，才华仅仅是一种必备的资质而已。它更需要艺术家心甘情愿撇下人间的享乐，苦其体肤和劳其筋骨，将血肉之躯一点点熔铸到作品中去，直把自己消耗得弹尽粮绝。在这充满享乐主义的时代，哪里还能见到这种视艺术为宗教的苦行僧？可是，艺术的环境虽然变了，艺术的本质却依然故我。拜金主义将无数有才气的艺术家泯灭，却丝毫没有使李伯安受到诱惑。于是，在本世即将终结之时，中国画诞生了一幅前所未有的巨作。在中国的人物画令人肃然起敬的高度上，站着一个巨人。

今天的人会更多认定他的艺术成就，而将来的人一定会更加看重他的历史功绩。因为只有后世之人，才能感受到这种深远而永恒的震撼。

1999 年 2 月　天津

留下长江的人

——郑云峰《永远的三峡》序

　　很少一位摄影家能够如此强烈地震撼我。为此，在他这些惊世之作出版之际，我要为他写一些动心的话。

一

　　当我们选择了长江截流而从中获得巨大的生活之必需，是否想到因此失去了这条波涛万里的大江，从此与养育了我们至少七千年的母亲河挥手告别。我们失去的不只是它绝无仅有、风情万种的景观，承载着无数的瑰奇而迷人传说的山山水水，永不复生的古迹，以及它对我们母亲般亲切无间的关爱。我们正在把它七千年的历史全部沉入一百多米的水底。我曾想过，如果美国人失去密西西比河，俄国人失去伏尔加河，法国人失去塞纳河，他们会怎么样？是的，我们将把大江无可比拟的动力转化为用之不竭的电力；我们再不会恐惧恣肆的洪水带来的无边的灾难。可是我们同时失去了长江！有时，我怨怪知识界的麻木不仁，没有反应。我们的历史精神与文化精神究竟在哪里？我们的民族失掉如此博大与深刻的一笔遗产——无论是自然遗产还是人文遗产。知识界缘何无动于衷？只有国家出资的考古队和电视台出现在长江两岸，却没有任何个体的文化行为。我一直期待着有人对这条濒临灭绝的长江进行文化性质的抢救。包括历史学家、人文学家者、民俗学家以及画家、作家、摄影家等等。然而，当我第一次看到郑云峰先生拍摄的长江，我激动难捺。因为我实实在在触摸到在商品经济大潮下日渐稀少而弥足珍贵的历史责任与文化情怀。

二

郑云峰的行为是完全个人化的。

他自 1988 年就不断地只身远涉长江和黄河的源头，用镜头去探寻这两条华夏民族母亲河生命的始由。跋山涉水数十万公里，积累图片十数万帧。从那时，他的血肉之躯就融入了祖国山水的精魂。

十年后，随着长江大坝的加速耸起，三峡的湮灭日趋迫近，郑云峰决定和大坝工程抢时间，在关闸蓄水之前，将三峡的地理风貌、自然景象、人文形态、历史遗存，以及动迁移民的过程全方位地记录下来。这是一位年过半百的人所能完成的吗？然而，历史使命都是心甘情愿承担的。于是他停止了个人的摄影，负债办起一家公司来积累资金。他用这些钱造了一条小木船放入长江，开始了摄影史上富于传奇色彩的"日饮长江水，夜宿峡江畔"的摄影生活。整整六年，无论风狂雨肆，酷暑严冬，他一年四季，朝朝暮暮，都生活与工作在长江。两岸的荒山野岭到处有他的足迹，许多船工村民与他结为好友。他日日肩背相机，翻山越岭，呼吸着山川的气息；夜夜身裹被单，睡在船中，耳听着江中浩荡而不绝的涛声。

也许他本人也不曾料到，这样的非物质和纯奉献的人生选择，最终得到的却是心灵的升华。

三

郑云峰与我大约是同龄人。但他个子不高，瘦健又轻爽，胳膊上的肌肉轮廓清楚。在三峡两岸随处都可以看到如此样子的人。他受到了长江的同化，已是长江之子。他面色黑红，牙齿皓白，这大概正是江上的风与江中之水的赐予。

同他对坐而谈，很快就能进入他的世界。他这些年在长江充满冒险经历的摄影生活，他的所见所闻，以及他的激情，他的忧虑，他的焦迫，还有对长江那种无上的爱。他几乎不谈他的作品，只谈他的长江。一个热恋的人满口总是对方，独独没有自己。我被他深深地感动着。

为此，他爬上过三峡两岸上百座巍峨的峰顶。有些山峰甚至被他十多次踩在脚下。有时他要和山民吃住在一起，一起背篓上山；有时要同船工划船拉纤，一起穿越激流与险滩。他不仅寻找最富于表现力的视角，更是要体验什么是长江真正的灵魂。

在那些乱石峥嵘、荆棘遍布的大山里。他的衣服磨出洞来，双腿磕破流血。可是有一天，他忽然感受到那些绊倒他的石头或刺疼他的荆条是有灵性的，是沉默的大山与他的一种主动的交流，他忽然感觉长江的一切都变得有生命、有情感、有命运的了。

最使他刻骨铭心的是三峡两岸的纤夫古道。那些被纤绳磨出一条条十几厘米凹槽的石头，那些绝壁上狭窄的纤夫的路，乃是长江最深刻的人文。他曾经在大雨中遇到一条纤夫古道，地处百米断崖，劈空而立，下临万丈深渊，恶浪翻滚。这古道只有肩宽，仅容双脚。千百年来，多少纤夫由于崩断纤绳，或者腿软足滑，落崖丧命？郑云峰要去亲身体验那些纤夫们的生命感受。尽管心惊肉跳，但他还是冒死地匍匐过去了。

还有哪一位摄影家、画家、作家和诗人这样做过？

也许你会问：为什么这样做？

他会用他说过一句话回答你：长江是一部《圣经》。

一条凝结着一个民族命运与精神的江河，一定是庄严、神圣和奥秘的。长江给予中国人的，绝不仅仅是饮用的水和一条贯穿诸省大动脉一般的通道，更重要的是它的百折不回的精神，浩阔的胸襟，以及对人们的磨砺。数千年来，人们与它在相搏中融合，在融合中相搏。它最终造就的不是中华民族豪迈与坚韧的性格吗？

它又是一条流淌与回荡着民族精神的万里大江！郑云峰正是在这样的虔敬的境界中举起他的相机的。

四

为此，在整整六年对长江抢救性的拍摄中，他给我们的不是一般性的视觉记录，而是长江的精神，长江的魂魄，长江的气息，以及它深层的生命形象。

同时，这些出自于如此激情的摄影家手中的作品，每一帧都是情感化的。无论是对山花烂漫的三峡春色的赞美，对风狂雨骤的长江气势的讴歌；无论是对一块满是纤痕的巨石的刻画，还是对一片遍布暗礁的险滩的描述，都能使我们听到摄影家的惊叹、呼叫、欢笑与呜咽。如果不是他数年里在长江两岸的荒山野岭中来来回回地翻越，我们从哪里能获得如此绝伦的视角？特别是他站在那些峰巅之上全景的拍摄，会使我们出声地赞叹：这才是长江、三峡！

然而郑云峰会骄傲地告诉你，住在长江边上的人天天看到的都是这样的景色！

他已经是长江人的代言人了。唯有他才称得上长江的代言人！

自 2000 年 11 月长江便开始拦江蓄水。就此，传统意义的长江很快消失。无数历史人文和自然风景随即葬身水底，世代居住在两岸的百姓迁徙他乡。最重要的是，长江由"江"变为"湖"，由"动"变为"静"。不再有急流险滩，不再有惊涛拍岸，何处再能见到"大江东去"和"奔流到海不复回"那样的豪情？

一天，我在挥毫书写十年前一首诗《过三峡》。诗曰：

> 群山万道闸，
> 只准一舟行，
> 岸景疾如电，
> 转瞬过巴东。

一时我竟落下泪来。我联想到唐人的那些咏叹长江的诗篇都已成为匪夷所思的神话了！

然而，上苍竟在此时，赐给我们一位摄影家。他苦其体肤，劳其筋骨，以生命之躯去搏取大江的真容。他以六年时间，倾尽家财，拍摄照片三万余帧。为我们留下了一个真切的、立体的、完整的三峡——还有三峡之魂！

艺术家不能改变历史，却能升华生活，补偿精神，记录时代，慰藉心灵。这一切，郑云峰全做到了。

我深信，将来的人们一定更能体会到郑云峰的意图。这便是这本图集真正的价值。因为，尽管长江三峡不复存在，却在这里获得了永生。

2002 年 10 月 1 日

灵魂的巢

——《冯骥才的天津》序

对于一些作家，故乡只属于自己的童年；它是自己生命的巢，生命在那里诞生；一旦长大后羽毛丰满，它就远走高飞。但我却不然，我从来没有离开过自己的家乡。我太熟悉一次次从天南海北、甚至远涉重洋旅行归来而返回故土的那种感觉了。只要在高速路上看到"天津"的路牌，或者听到航空小姐说出它的名字，心中便充溢着一种踏实，一种温情，一种彻底的放松。

我喜欢在夜间回家，远远看到家中亮着灯的窗子，一点点愈来愈近。一次一位生活杂志的记者要我为"家庭"下一个定义。我马上想到这个亮灯的窗子，柔和的光从纱帘中透出，静谧而安详。我不禁说："家庭是世界上唯一可以不设防的地方。"

我的故乡给了我的一切。

父母、家庭、孩子、知己和人间不能忘怀的种种情谊。我的一切都是从这里开始。无论是咿咿呀呀地学话还是一部部十数万字或数十万字的作品的写作；无论是梦幻般的初恋还是步入茫茫如大海的社会。当然，它也给我人生的另一面，那便是挫折、穷困、冷遇与折磨，以及意外的灾难，比如抄家和大地震，都像利斧一样，至今在我心底留下了永难平复的伤痕。我在这个城市里搬过至少十次家。有时真的像老鼠那样被人一边喊打一边轰赶。我还有过一次非常短暂的精神错乱，但若有神助一般地被不可思议地纠正回来。在很多年的生活中，我都把多一角钱肉馅的晚饭当作美餐，把那些帮我说几句好话的人认作贵人。然而，就是在这样困境中，我触到了人生的真谛。从中掂出种种情义的分量，也看透了某些脸后边的另一张脸。我们总说生活不会亏待人。那是说当生活把无边的严寒铺盖在你身上时，一定还会给你一根火柴。就看你识不识货，是否能够把它擦着，烘暖和照亮自己的心。

写到这里，很担心我把命运和生活强加给自己的那些不幸，错怪是故乡给我的。我明白，在那个灾难没有死角的时代，即使我生活在任何城市，都同样会经受这一切。因为我相信阿·托尔斯泰那句话，在我们拿起笔之前，一定要在火里烧三次，血水里泡三次，碱水里煮三次。只有到了人间的底层才会懂得，唯生活解释的概念才是最可信的。

然而，不管生活是怎样的滋味，当它消逝之后，全部都悄无声息地留在这城市中了。因为我的许多温情的故事是裹在海河的风里的；我挨批挨斗就在五大道上。一处街角，一个桥头，一株弯曲的老树，都会唤醒我的记忆，使我陡然"看见"昨日的影像，它常常叫我骄傲地感觉到自己拥有那么丰富又深厚的人生。而我的人生全装在这个巨大的城市里。

更何况，这城市的数百万人，还有我们无数的先辈的人，也都把他们人生故事书写在这座城市中了。一座城市怎么会有如此庞博的承载与记忆？别忘了——城市还有它自身非凡的经历与遭遇呢！

最使我痴迷的还是它的性格。这性格一半外化在它形态上，一半潜在它地域的气质里。这后一半好像不容易看见，它深刻地存在于此地人的共性中。城市的个性是当地的人一代代无意中塑造出来的。可是，城市的性格一旦形成，就会反过来同化这个城市的每一个人。我身上有哪些东西来自这个城市的文化，孰好孰坏？优根劣根？我说不好。我却感到我和这个城市的人们浑然一体，我和他们气息相投，相互心领神会，有时甚至不需要语言交流。我相信，对自己的家乡就像对你真爱的人，一定不只是爱它的优点。或者说，当你连它的缺点都觉得可爱时——它才是你真爱的人，才是你的故乡。

一次，在法国，我和妻子南下去到马赛。中国驻马赛的领事对我说，这儿有位姓屈的先生，是天津人，听说我来了，非要开车带我到处跑一跑。待与屈先生一见，情不自禁说出两三句天津话，顿时一股子唯津门才有的热烈与义气劲儿扑入心头。屈先生一踩油门，便从普罗旺斯一直跑到西班牙的巴塞罗那。一路上，说得尽是家乡的新闻与旧闻，奇人趣事，直说得浑身热辣辣，五体流畅，上千公里的漫长的路竟全然不觉。到底是什么东西使我们如此亲热与忘情？

家乡把它怀抱里的每个人都养育成自己的儿子。它哺育我的不仅是海河蔚蓝色的水和亮晶晶的小站稻米，更是它斑斓又独异的文化。它把我们改造为同一的文化血型，它精神的因子已经注入我的血液中。这也是我特别在乎它的历史遗存、城市形态乃至每一座具有纪念意义的建筑的缘故。我把它们看作是它精神与性格之所在，而绝不仅仅是使用价值。

我知道，人的命运一半在自己手里，一半还得听天由命。今后我是否还一直生活在这里尚不得知。但我无论到哪里，我都是天津人。不仅因为天津是我的出生地——它绝不只是我生命的巢，而是灵魂的巢。

2003 年 8 月 17 日

带血的句号

——插图本《三寸金莲》序言

今天我们终于可以提起笔来，为中国妇女的缠足史画一个终结的句号。因为那蹒跚地行走在中国大地上的小脚即刻就要消失了。但是别以为这个句号会画得轻松，一挥而就，就像看过一本大书那样，随手一合便是。这个句号画起来分外地凝重沉缓，艰难吃力。低头一看，原来它不是通常的墨色，而是黏稠而殷红的血！

然而，天下人对一件事情的感受可谓千差万别。前几年我在科罗拉多见到一位读过我那英译本小说《三寸金莲》的美国女子，她对我说这书写得诡谲狡黠，荒唐有趣，还对我挤挤一只眼睛，表示很欣赏这种奇趣。一个作家碰到了一位误解了你，却偏偏因此对你表示好感的读者，只能笑笑而已。何况我无论如何也难以对一个美国人讲清楚小脚里边深邃的文化内容。美国人的文化太明白，甚至太直白了，而中国人的文化有时像迷宫。我写这本书纯粹是给中国人看的。可是谁又能担保将来的中国人不把三寸金莲当作"天方夜谭"？现在的年轻一代不是已经认为"文革"都是不可思议的吗？为此，我才说：不能叫有罪的历史轻易地走掉！

于是，我利用知识出版社提供给我的图文并茂的方式，放大我在小说《三寸金莲》中的一种意图，即用大量充分的历史细节——实物照片，复原那曾经活着的奇异的历史，再现三寸金莲那一方匪夷所思的天地，给这中国文化中最隐秘、最闭锁、最黑暗的死角以雪亮的曝光。历史的幽灵总是躲在某种遮蔽之下不肯离去，暗暗作祟；所以，当历史的一幕过去，我们应该做的是把那沉重的大幕拉开。

这一次，我幸运地遇到两位朋友，帮助我完成了这一想法。

一位是身居台湾的柯基生先生。数年前他曾自台北打电话到我家中，自报家门，声称在金莲文物方面的收藏，天下虽大，无出其右。他的声调朗朗，颇含自负，我却半信半疑。这因为我识得几位金莲文物的藏家，他们个个跑遍大江南北，藏品却很有限。金莲曾是女人的一个私密，她们大多做得秘不示人。这对于身在台湾的藏家就更加困难。转年我赴台湾作文化交流，柯基生先生闻讯与夫人一并到我下榻的来来大酒店看我。此时方知他是一位年轻干练而成就卓著的外科医师，掌管台北县的广川医院。他带来一些收藏品的照片给我看，一看便被惊呆。且不说中国各地各式金莲无所不包，还有大量相关的饰品、器物、用具、文献等等。包括洗脚用的莲花盆、缠足幼女的便器、缠足凳和熨鞋的熨斗……洋洋大观地展开了金莲文化的浩瀚与森严。而民国初年大兴放足的时代，安徽省介休县"不娶缠足妇女会"的一枚徽章，则把他收藏中用心之良苦令人钦服地表现出来。尤使我惊呆的是他居然珍藏天津名士姚灵犀先生的大量手稿。姚灵犀先生是第一位把缠足视为历史文化的学者。民国初年由于编撰缠足史料《采菲录》等书被视为大逆不道而银铛下狱。但有关他的身世及学术，史书从无载入，以致资料空乏。可是在柯基生的藏品间，居然还有姚灵犀先生的自传手稿，以及出狱后感想式的墨书真迹。然而，柯基生先生对于金莲绝不止于收藏兴趣，他更重于研究。他从医学包括解剖学与生理学的角度，研究缠足者特有的生理与心理，继而进入人类学、性学、社会学范畴，这是旁人不曾涉入的。我在另一本文化批评类的书《血写的句号》中，还要重点地对他这些可贵的研究进行介绍。

此次承蒙柯基生先生的友情与支持，将其所藏缠足文物三千余件，选精择要，摄得照片百余帧，合并我个人的一些"金莲文化"的藏品照片，一并放在书中，相信这些历史的真实写照会给读者深刻印象，亦使本书内涵得以深度的开拓。

另一位朋友则是《大众日报》的摄影记者李楠先生。他近十年的摄影生涯中，始终没忘了把镜头对准"最后一代小脚女人"。特别是他对山东滨州缠足妇女李吉英一生最后八年的追踪拍摄，则是把妇女缠足史凄凉的尾声定格了。他给我们看到的不是历史遗留的怪异的文化躯壳，而是一种延绵千年的可怕的生活真实。这位年轻而出色的摄影家不事声张地按照自己的思考工作多年，我却从中看到他的历史洞察力、文化敏感与人道精神，并为此深深感动。他的作品正是我的小说一种历史内涵的延伸。所以，我请他提供数帧珍贵照片，连同我为他写的一篇文章《为大地上的一段历史送终》，一并放在书尾，以使读者的思维视野一直贯通到今日。

我这两位朋友的所作所为，其实都是在为金莲画一个句号。然而，往往一个事件能够用句号来终结，一种文化却很难用句号去中止。因而本书对图片的选取都鲜明地来自一种历史观：历史永远参照现实。

在我发表的小说中，大概以《三寸金莲》争议最为激烈。记得小说在《收获》问世后，即刻之间，或褒或贬，蜂拥而至。当时，上海一家刊物要我提供有关读者反映的信件。我便摘选了十四封寄去，清一色全都是痛斥和责骂我的。可是不久这家刊物又把这些读者的信件退还给我，没有发表，说是为了保护我的形象。这番好意令我啼笑皆非。其实作家的形象无须保护。作家向来存在于褒贬之间。因为作家总是在新旧事物的交替中发现与选择。姚灵犀先生不是为此还蒙受了牢狱之灾吗？存在于现实的是一种生活，销匿于历史的便是一种文化。作为生活，可以赞成或拒绝；作为文化研究对象，则不能有任何禁区。姚灵犀先生正是在这两者之间，在那新旧世界的生死搏斗中，抢先地把金莲视作文化，自然也就逃不出历史的误会和悲剧性的遭遇了。正是这样，时过境迁，如今人们对我的《三寸金莲》，比起十年前则宽容得多了，并渐渐亦能悟出我埋藏其中的某些深意。

三寸金莲，是封建文化这棵千年大树结下的一种光怪陆离的果实。尽管这果实已经枯萎和凋落，但大树未绝，就一定会顽强地生出新的果实来。历史的幽灵总在更换新装，好重新露面。"文革"不是这棵大树继而生出的一个更狰狞的果实吗？

自然，《三寸金莲》所写的绝不止于三寸金莲了。可惜知我者寥寥，此书出版后，被评论家列为"历史小说"，或列为"传奇小说"，或列为"津味小说"，其实全是胡扯。由此可见评论界诠释作品能力之有限。我的一位文友楚庄先生曾送我一首小诗，曰：

稗海钩沉君亦难，

正经一本传金莲，

百年史事惊回首，

缠放放缠缠放缠。

读了这诗，我一时差点落下泪水。我曾谓：知我者楚庄也。然而我深信随着社会进步，将来必定会有更多的知我者。写到这里，忽然不着边际地想到那两句无人不晓的古诗：

莫愁前路无知己，

天下谁人不识君。

在这里，识者，非作认识解，此乃认知是也。

至此，我在小说方面关乎金莲的事，就算全做完了。

2002 年元月　津门

沉默的脊梁

——《中国民间文化守望者》序

人身上最承重的是脊梁。但脊梁隐藏在后背里看不见。它终日坚韧地弯成弓状，默默地承受着背上沉重的压力。有时，在过重的负担下脊骨会发出咯吱一响。可是只要脊梁不断，便会把任何超负荷的重量扛住。从来没有一个人的脊梁是被压断的。

本图集的人物全是这样。它们是民族文化事业的脊梁。当全球化的飓风把我们的文化遗产吹得纷飞欲散之时，这些人毅然用身体顶上去。他们不在世人们关注的范围内，故而既没有迎面送上来的香喷喷的花束，也没有频频的雪亮的曝光。他们远离繁华闹市，身在荒野或大山之间，孤立无援，形影相吊，财力微薄，却倾尽个人之所有，十数年乃至数十年如一日，为民族抢救和守候住一份实实在在的灿烂的遗产。如果没有他们，明日的中华文化版图将会出现许多永无弥补的空白。

他们以舍我其谁的精神，把整个民族的文化使命放在自己背上。

他们是用身体做围栏，保护着我们的精神家园。这种行为有如文化的清教徒。所以他们不求闻达，含辛茹苦，坚韧不拔，默默劳作。然而，今天我们把他们推到社会的台前，不只是为他们鸣冤叫屈，呼唤公平，而是张扬一种为思想而活着的活法，一种对文化的无上尊崇的感情，一种被浅薄的商业化打入冷宫的高贵的奉献精神与使命感。

本图集中这些当之无愧的文化守望者，有的与我早早相识，一直是我钦敬的朋友；也有的东西南北各在一方，心仪已久，却无缘相见。不管对他们知之或深或浅，这次仔细读了他们的事迹，仍为他们非凡的文化行为和卓然的业绩深深打动。由此深信在我国首次文化遗产日里，他们将以强大的感召力和人格魅力，呼唤出更多的文化良心与文化情怀。

由于民间文化守望者都是沉默的行动者，我们知之不多，挂一漏百，在所难免。故此，深望本图集将引起社会关注这真正的精神一族和文化一族，让整个社会都能感到脊梁在为我们负重和使劲，并促使各种力量汇集到民族精神的脊梁中来。

2006 年 5 月　天津

甲戌天津老城踏访记

　　——一次文化行为的纪录

　　甲戌岁阑，大年迫近，由媒体中得知天津老城将被彻底改造，老房老屋，拆除净尽，心中忽然升起一种紧迫感。那是一种诀别的情感；这诀别并非面对一个人，而是面对此地所独有的、浓厚的、永不复返的文化。

　　天津老城自明代永乐二年建成，于今五百九十余年矣！世上万事，皆有兴衰枯荣，津城亦然，有它初建时的纯朴新鲜，一如春天般充满生机；有它乾隆盛世的繁茂昌华，仿佛夏天般的绚烂辉煌；有道、咸之后屡遭挫伤，宛如秋天般的日益凋敝；更有它如今的空守寂寞，酷似冬天般的宁静与茫然……而城中十余万天津人世世代代繁衍生息于此，渐渐形成其独特的生活方式和文化形态，并留下大量的历史遗存保留至今。这遗存是天津人独自的创造，是他们个性、气息、才智及勤劳凝结而成的历史见证，是他们尊严的象征，也是天津人赖以自信的潜在而坚实的精神支柱。而津城将拆，风物将灭，此间景物，谁予惜之？

于是，本地一些文化、博物、民俗、建筑、摄影学界有识之士，情投意合，结伴入城，踏访故旧。一边寻访历史遗迹，一边将所见所闻，所察所获，或笔录于纸，或摄入镜头。此间正值乙亥春节，城内年意浓郁，市井百态无不平添一层迷人的民俗意味。摄影界人士深感这是老城数百年来最后一个春节，于是举行"春节旧城年俗采风"活动。大年期间，乃子午交时的新年之夜，都立在城中凛冽的寒气里，摄下这转瞬即成为历史的画面。各界专家还联合穿街入巷，寻珍搜奇，所获甚丰。勘查到失传已久的明代文井、于今仅存的八国联军庚子屠城物证、唯一可见的徐家大院的豪门暗道、义和团坛口旧址及大量历史遗迹和散落在城中各处的建筑构件之精华。既做了现场的拍摄录影和文字登记，又转入书斋进行考证与研究。天津大学建筑系师生也加入进来，对城中一些风格独具的典型宅院进行测绘，此举应是有史以来对老城文化一次规模最大的综合和系统的考察。

我称此举是一次文化行为。

文化行为是以强烈的文化意识为出发点，进行具有深刻文化目的之行动。这目的有两个，一个是成果，一个是过程。成果是指通过这一行为获得新的文化发现；过程是指通过这一行为所引起世人对文化的关注。应该说，这两个目的——成果与过程——同等重要。或者说，文化人更注重后者，即过程。因为这过程针对世人，也影响着后人。

特别在中国，虽然是文化久远，但朝代更迭太多。每一朝代的君主为表示自己开天辟地，则必改址迁都，废除旧制，视前朝故旧为反动。因而使我们很少从文化意义上确认古代遗物的价值。文化随同朝代，一朝兴必一朝亡。悠远的文化都被阶段性地断送掉了！

此外，中国自古是农业国，秋衰而春荣，故尤重"新春"中的"新"字。新是对生活美好前景的憧憬和期望。故常言"旧的不去，新的不来"，"除旧迎新"，"万象更新"。对新的崇拜的反面，即是对旧的废弃。近世又多了"破旧立新"和"砸烂旧世界"的口号。古代遗存自然存者无多。虽说我们创造了五千年的灿烂文化，同时我们又在无情地毁灭自己的创造。倘若今日站在中原大地上极目四望，这中华文化的沃土理应有着极浓厚的历史意味，而我们所能看到的，却是野树荒坡，草丘泥河，好像这大地上什么也没发生过……

也正为此，津城早已破败不堪，数万人拥挤在这狭小的历史空间里，残垣断壁，低屋矮房，烂砖碎瓦，确是应当改造；为人民改善生存环境和生活现状，确是功德无量之盛举！然而面对着这座积淀深厚又破坏惨重的文化古城，难道还不去反省——我们这个文化大国又是多么需要文化！这文化不是文化知识，而是文化意识。懂得文化之价值，具有文化之眼光，在保护历史文化的先提下，再建设现代文化，而不是为了建设新的去破坏历史的风景。

然而，津城终究是一座文化的城。当我发现到"文革"期间，城中居民们担心无知的学生砸毁房檐和影壁上的古代砖雕，用白灰抹涂，使得一些精美的建筑艺术杰作得以保留下来，我深为感动。特别是这次踏访老城的文化行为，得到百姓响应，许多城中老人，献出珍藏已久的旧照旧物，以示支持；对于摄影家们爬墙上屋，选择拍摄角度，更是无不热情相助；继而还听到，节假日里一些百姓在城内古迹前拍照留影，以为永记；还有些摄影家受到我们这一文化行为的启迪，也来到老城厢，收集历史画面，为这一方故土留下它最后的原生态的景象，令我们尤感欣慰！

这不正是我们的文化行为所企望的吗？

踏访老城活动始自甲戌岁尾，终结于乙亥夏初，约计半年，收集实物资料颇多，发现珍罕古迹若干处，拍摄历史文化遗存及现存景象照片近四千幅，包括历史遗迹，城市面貌，街头巷尾，建筑精华，民俗文化，市井生活以及极具地方精神气质之众生相。这些出自摄影家之手的照片，有些本身就是具有很高审美品格的作品。单是一幅九十五岁老寿星和另一幅一九九五年出生在城中之婴儿的人像照片，就构成了本世纪天津城内令人着迷的生命史。更有一些专家学者关于老城历史、民俗、建筑和文化艺术的研究文章，见地精辟，依据翔实，都显示了学术界对天津老城最新的研究成果，也是对这即将凝固的老城历史的一种全面的文字总结。为此，我也对我们这一文化行为的硕大成果感到骄傲，为新一代津人浓烈的乡土情感和文化意识感动而自豪。他们用这乡土情感和文化意识的经纬，编织一细密的大网，从这良莠混杂的老城遗址上，筛出近六百年残存至今而弥足珍贵的文化精粹。天津老城将不复再见，我们却永无遗憾地把它最后的形态和最真实的容颜留在这本图集中了。

经过本图集编辑室大工作量的甄选与编辑，案头事宜已告完成。图集以这次踏访老城拍照的照片及收获的资料为主，实际上是这一感人的文化行为的记录。文化的大信息量和第一手资料感，将成为本图集的首要追求；学者们的著述及各种测绘与编排图表，也是本图集的重头内容。由于本图集不是一般意义上的历史图录，故对这次行动中所搜集的珍罕历史照片采用极少，以求显示这本图集的自身特色。笔者相信，凡别人可以重复做到的事都是没有价值的。

割爱，往往是一种成全。

此集编成之日，笔者只身又赴老城，于老街老巷中，踽踽独步，感慨万端，长叹不已。那曲折深长的小道小巷，幽黑檐头上风韵犹存的高雅的花饰，无处不见的千差万别的砖刻烟囱和石雕门墩，还有那一座座气势昂然的豪门宅院……将我拥在其间。想到它五百九十余年无比丰富的历史内容，一种独异的文化气息使我深刻地感受到了。跟着，开头所说的那种诀别感，又来袭上心头。忽感自己为这块乡土的文化作为甚少。编辑此集虽用尽全力，并得到朋友们的协力，以及政府部门和各界有识者的热情相助，但终究菲薄有限，仅此而已。文化人的责任在于文化。于是殊觉又有重负压肩，当不得懈怠，倾心倾力再做便是。

1996 年 2 月 3 日

《人民政协报》第四版

第七辑

今日布拉格

布拉格对我的诱惑，除去德沃夏克、卡夫卡、昆德拉，以及波希米亚人，还有便是歌德的那句话"布拉格是欧洲最美丽的城市"。歌德这句话是二百年前说的，那么今天的布拉格呢？在捷克做过文化参赞的诗人孙书柱对我说："你不去布拉格会是终身遗憾。"

经历了二十世纪两次世界大战和非同寻常的社会风暴之后，布拉格会是什么样子？我想起九十年代初一个黄昏进入东柏林时那种黑乎乎、空洞和贫瘠的感受。于是，我几乎是带着猜疑，而非文化朝圣的心情进入了捷克的边境。

三天后，我在布拉格老城区一家古老的饭店喝着又浓又香的加蒜末的捷克肚汤时，手机忽然响了，是孙书柱。他说："感觉怎么样？"我情不自禁地答道："我感到震撼！"我听到自己的声音很响亮。

布拉格散布在七个山丘上，很像罗马。特别是站在王宫外的阳台上放目纵览，一定会为它浩瀚的气概与瑰丽的景象惊叹不已。首先是城市的颜色。布拉格所有的屋顶几乎全是朱红色的，它们使用的是一种叫石榴石的矿物质颜料，鲜明又沉静；而墙体的颜色大多是一种象牙黄色。在奥匈帝国时代，捷克的疆域属于帝国领土的一部分，哈布斯堡王朝把一种"象牙黄"视为高贵，并致力向民间普及。于是这红顶黄墙与浓绿的树色连成一片。百余座教堂与古堡千奇百怪地耸立其间。这便是在世界上任何地方都见不到的城市景观。

然而捷克之美，更在于它经得住推敲。

在捷克西部温泉城卡洛维发利，我在那条沿河向上的老街上缓缓步行，一边打量着两边的建筑。我很惊讶。没有任何两座建筑的式样是相同的。它们像个性很强的女人，个个都目中无人地站在街头，展示自己。其实，这不正是波希米亚人不尚重复的性格？

在布拉格更是这样。只有在上个世纪五六十年代建造的那些宿舍楼，才彼此一个模样，没有任何美感与装饰。从中我发现，它们竟然和我们同时代的建筑"如出一炉"，这倒十分耐人寻味！

而布拉格的城市建筑真正的文化意义，是它保存着从中世纪以来，包括罗马式、哥特式、巴洛克式、青年艺术风格等各个不同时期的建筑作品。站在老城广场上，挤在上千惊讶地张着嘴东张西望的游客中间，我忽然明白，当年歌德看到的，我们都看到了。但跟着一个问题冒出来：它是如何躲过上个世纪的剧烈的政治风暴的冲击？甭说民居墙面上千奇百怪的花饰，单是查理大桥上那些来自宗教与神话的巨大的雕塑早该被"砸得稀巴烂了"！

一个城市的历史总是层层叠叠深藏在老街深巷里。布拉格这些深巷常常使游人迷路。据说卡夫卡知道这每一座不知名的老屋里的故事。他的朋友们常常看见他在这些街头巷尾或哪个门洞里一晃而过。

老街至今还是用石块铺的路。几百年过去的时光从上面辗过，一代代人用脚掌雕塑着它们。细瞧上去，很像一张张面孔，有的含混不明，有的凄苦地笑，有的深深刻着一道裂痕。街上的门都很小，然而门内都有一个小小的罗马式回廊环绕的院子，只有正午时分，阳光才会直下。站在这样的院子里就会明白，为什么卡夫卡把它称作"阳光的痰盂"。

生活在这样世界里的布拉格人，并不因此愁闷与阴郁。他们天性热爱个人的生活，专注于家庭，还有传统。他们对啤酒有天生的嗜好，一如法国人钟爱葡萄酒。每年一个捷克人平均喝掉150公升啤酒。而他们对音乐的热爱不亚于奥地利人。连惹起祸端而招致前苏联军队把坦克开进城中的"布拉格之春"，也是音乐带来的麻烦。但即使在那个非常的年代，人们去听音乐会，也照旧会盛装打扮，这样的人民会去把建筑上的艺术捣毁吗？

我则认为，我们的文化遗产所遭受的最大的破坏还是"文革"。"文革"之前，老房上那些砖雕石雕，谁会动手去砸。我们只是把它作为"无用的历史"弃置一旁。布拉格最著名的圣维特大教堂在二十世纪五六十年代，被当作工厂使用，就像天津的广东会馆。但是"文革"不仅仅举国如狂地毁灭自己的文化遗产，更严重的是对自己文化的轻视与蔑视。蔑视自己的文化比没有文化还可怕。而这种自我的文化轻蔑在功名利禄迷惑人心的当代便恶性地发酵了。于是，我便转而注目于今天的布拉格人怎样重新对待自己的文化遗产。

他们正在全面整理和精心打扮自己的城市。从外观上，将这些至少失修了半个世纪的建筑，一座座地从岁月的污垢中清理出来。同时将具有现代科技含量的生活硬件注入进去。他们在修整这些地面上最大的古物时，精心保护每一个有重要价值的细节。由于他们没有经过那种"涤荡一切污泥浊水"的大革文化命，所以历史遗存极其丰厚。连各种店铺的商家也都把这些遗产引以为自豪，并且印成资料与画片，赠送给客人。不像我们胡乱地扫荡之后，待要发展旅游，已经空无一物，只能靠着造假古董和编故事（俗称编段子），将历史浅薄化、趣味化、庸俗化。

从老城广场到查理桥必须经过一条历史名街——皇帝街。这条长长的窄街弯弯曲曲，顺坡而下。街两旁五彩缤纷地挤满各色小店，咖啡店、酒吧、食品店、小旅店，形形色色小商店里经营的大都是本地的特产，如提线木偶、草编人物、民间土布，以及闻名天下的玻璃器具。最小的店铺大约只有四五平方米，却都是有声有色、有滋有味，故而皇帝街是布拉格人气最旺的一条步行街。

据说十年前，有人想从美国引资对这条街进行改造。将石块铺成的路面改为平整的柏油路，两边的商店扩宽重建。这引起很大争议。经居民投票民主表决，结果还是顺从当地的人民的意见——皇帝街保持历史的原貌！

东欧国家经过九十年的巨变，几乎碰到同样一个问题：怎样对待自己的城市。从俄罗斯的圣彼得堡、德国的柏林和魏玛、匈牙利的布达佩斯，直到捷克的古城。我看到了一种共同的态度——正像我在柏林拜访过一个负责修整历史街区的组织的名字——"小心翼翼地修改城市"。那就是用心珍惜历史遗产，全力呵护文化财富，一切为了未来。

2003 年 5 月 30 日

地铁中的乐手

　　倘若到了纽约，想听听音乐，内行的人一准会带你去曼哈顿岛南端那些小咖啡馆。几个黑人，两三件亮闪闪的铜管乐器，一架老掉牙的立式白钢琴，再加上一杯苦味的浓咖啡，就可以领略到地道又醇厚的美国黑人的爵士乐了。

　　那么到了巴黎想听听当地特色的音乐呢？更好办，不用任何人做向导，去买张地铁票到里边东南西北地转一转吧！

　　只要随着地铁中的人流走起来，便会自然而然进入音乐之中。你走着走着，便感到音乐出现了，并一点点离你愈来愈近。忽然，在一个拐角处，你看见一位乐手在拉琴。这乐手似乎很瘦，脸有些苍白。但他给你的印象也只是到此为止，因为你被流动的人群裹在中间，很快就会走过去。小提琴如泣如诉的声音在你的身后愈来愈小。不等你识别出这似曾相识的有一点凄凉的旋律出自什么曲目，前边——一个金属般男人的歌声迎面把你笼罩起来。你进了另一个同样动人的音乐空间。

整个巴黎下边全是地铁，它通往城中任何地方。在这纵横交错的地铁通道中，处处可以碰到乐手和歌手。他们往往在两条或多条通道的交口处，有时也在通道中间。大多时候只是一个人，拉提琴，或吹黑管、萨克斯管、风笛，有的连拉带唱，甚至加上一个鼓，连接上带蓄电池的小喇叭，演奏起来极有气氛。偶尔也会有两个人一起演奏，他们用不同的乐器美妙地搭配着。甚至还有三四个人一组，有说有唱，还有伴奏，够得上一支有声有色的小乐队了。他们通常把琴盒打开放在脚前，有的则把帽子反过来撂在地上。过路赶车的人群中，时时会有人一猫腰，把几个法郎放在里边。他们并不一定被演奏的曲子感动了，才掏这几个钱。全巴黎的人都会这样做，以表示对艺术和艺术家的敬重与支持。而且，也别以为这些乐手都是在卖艺乞讨。他们有的是出于对音乐的爱好，为了让公众共享他们演奏的乐曲；有的则是喜欢这种流浪汉式的自由自在的艺术家生活。他们自娱自乐，当然也需要你的理解与帮助。在他们中间有很棒很棒、甚至很杰出的乐手。

　　一次，我们乘四路车，在夏特莱站准备换乘一路去往拉德芳斯。在穿过一个低矮的通道时，有一个黑人乐手挎着吉他，边弹边唱。这黑人沙哑的嗓子粗犷有力，听起来宛如大漠上的飓风。他的吉他也弹得有滋有味。更绝妙的是，他一只脚踩着一个踏板，敲打着一面弹簧鼓；同时，弹吉他的右手的食指上套着一个铁箍，时不时举起来，"当、当"敲两下脑袋上边一根露在外边的金属水管。歌声，吉他声，鼓声和敲水管清脆悦耳的声音，彼此相配，极有节奏感，新奇而又美妙。他声音的感染力、穿透力和演奏时随手拈来的创造性，都表现着一个民间乐手和歌手非凡的乐感与才华。我当时就想，国内歌坛上那些用媒体和电声包装起来的嗲声嗲气的"天王巨星"们，如果来到这位地铁中无名的乐手面前，恐怕连嘴都不敢张开呢！

　　我遇到一位来巴黎学习音乐的留学生，她说逢到周末常常买张票钻进地铁站。巴黎的地铁很自由，只要你不出来，在里边乘着车可以来回来去跑上一天。她就一站一站地去听这些民间乐手们的演唱。巴黎是个国际化的都市，乐手也像旅客一样来自世界各地。不用去辨认他们的模样，只要一听乐曲就知道谁是法国人、西班牙人、意大利人、奥地利人、苏格兰人，谁是阿拉伯人、非洲人和墨西哥人。近几年俄罗斯人和东欧人渐渐多起来。那些额头的头发向上翻卷着的小伙子，把挂在胸前的手风琴起劲地一拉，便使我们搞过几十年"中苏友好"的中国人感到亲切万分。在香榭丽舍站，我见过一位中国姑娘坐在那里弹琵琶，她黑黑的披发瀑布一样从额头垂下来，弹得很投入。可是匆匆走着的乘客很少有人停下来听一听。也许这种古老的乐声对于法国人来说太遥远了。不同文化是很难快速沟通的。但她的琴桌上却放着一支深红色的玫瑰。说不定这是哪位执花去看情人的年轻男子，将手中的花儿转而献给了这位如奏天音的东方神女了。

我相信，把玫瑰放在这里的，一定是巴黎人。

巴黎的地铁简直是一个巨大的网状的音乐厅。地铁的通道四通八达。这些长长通道便是传送着动听的乐曲的管道。上百个乐手分布在各个站口，演奏着他们各自心中的歌。如果他们相遇，相互总要保持着一定距离。当这个乐手的乐曲在通道的某个地方将要消失时，另一种悦耳的歌曲便会及时地送入你的耳鼓。对于那些步履匆匆的乘客来说，如果这支乐曲没有引起他们的共鸣，他们便一掠而过；如果被哪一支曲子打动了，他们便会站下来，欣赏一阵子。那么，人们在地铁中走来走去，不只是为了赶车，也是为了寻找和选听音乐吗？而这些乐手们经常要"转移阵地"，从这个地铁站迁到另一个地铁站，换一换对场地的感觉。当他们提着乐器上车之后，忽然兴之所至，便端起乐器，即兴地把一支欢乐的乐曲撩人兴致地吹奏起来，整个车厢顿时一片光明。这时你会感到，整个巴黎全是音乐。

所以我说，巴黎的地上是绘画的世界，地下是音乐的世界。

音乐的世界五光十色。在这世界里你会感受万千。也许你的心被工作中的烦恼填满，但乐手们的几个闪光的音符会把你那些沉重的块垒挪开，他们哪来的这般魔力？也许你刚刚失恋，心灰意冷，空无所依，乐手们一段柔情的倾诉便给了你深切的抚慰。这支曲子原本你就熟悉，但它缘何此时竟成了你的深切的知己？

一片欢快的节奏，可以为人助兴，使人奋发，激发生命的活力，中止心中一种黑色的抑郁的漫延；而一支感伤而多情的曲调，使人柔和和敏感，使人珍惜往事，还可以让空泛的心忽然丰富起来，生出一些美好的心境与爱意。音乐比任何艺术都伟大之处，在于它能够直接地进入参与人的心灵。

于是，这看似寻常的地铁文化，这些无名的民间乐手，实际上处在巴黎生活的深层。这里不是高不可攀的艺术殿堂，却是人间真正的音乐生活的场所；这些乐手不是日月星辰般的音乐大师，但他们可以毫不费力地走进每一个巴黎人的心中。巴黎的地铁已经有一百年的历史，巴黎人每天的生活全都离不开地铁，他们的心灵早与这流动在地铁通道中的乐曲融为一体。你去问一问巴黎人，他们会告诉你，每个巴黎人至少被这些乐手难以忘怀地感动过一次、两次、三次……

2001 年 4 月

拉丁区，我们那条小街

　　如果能在巴黎住上一阵子，一定要选择拉丁区。比如这次我和我妻子就幸运无比。不用我们提出要求，就被邀请我们的主人安排在拉丁区的腹地——苏吉尔街。那天，到机场接机的法国朋友开车拉着我们进入巴黎市区后，穿街入巷，东转西转，一边指着车窗外说，这是康德生前总待在里边的咖啡馆，那是杜拉斯住过的房子。在巴黎的街上只要转一会儿，便会感到和历史丝丝缕缕地纠结上了。这位法国朋友把我们拉进一条又弯又长的老街里，车子一停，说："你们到了。"我下车来前后看了看，再抬头看看房子，很迷惑，我们好像站在了巴尔扎克的小说的某一页里。

　　苏吉尔街太小太没有名气，地图上连街名都不标出来。但苏吉尔（SUGER）这个人却是法国史上的一个大角色。这位法国中世纪最负盛名的修道士（1081—1151）在世时的权力无人企及。他是路易六世和七世两代王朝的谋士，在国王统领十字军东征时竟摄政管理过国家。

然而使我更感兴趣的是，这位手执权棒的人，十分迷恋历史。在封建时代，如果文化受宠于某一位权贵，乃是文化的一种幸运。比如苏吉尔，在他主持修复欧洲最古老的圣德尼教堂（建于630年）时，坚持要保护这座哥特式教堂迷人的古貌，于是修复手段仅以"加固"为之。这一前所未有的古建筑的修复思想，显示了人类在文化上的自觉，成为建筑保护史的一个起点。应该说苏吉尔是人类史上最早具有文化保护意识的人。我忽然想，我的主人把我安排在这里，是否为了契合我这些年近似偏执的文化保护的主张与行动？后来我知道，并不是这样。我们住在这里，只是因为我们居住的公寓恰好在这条街上，恰好是一种巧合。然而谁说巧合不含着冥冥中一种未知的暗示？

再说这条苏吉尔街，它不过一百多米。它是一种抻开而舒展的"S"形。但站在路口这端还是看不到路口那端。"S"形的街道总有一种迂回和纵深之感。在街上一边走，那些各色各样的古屋，就一边成双地在小街的两边出现。这些至少一二百年以上的老房子，最高不过四层。首层全是石头的，上边几层才是砖墙。而且，根据当时十分流行的一种建筑结构力学，这些老房子的首层都是垂直而立，上边几层却逐层向里倾斜。但这样反而造成视觉上的一种错觉——看上去首层像是向外倾倒。整条街似乎都在缓慢地坍塌的过程中。至于这些老屋本身更是苍老之极。有些石头的墙面已经粉化，雨水留下许多蜿蜒的槽痕，风儿把建筑上所有的棱角都磨圆，甚至还在许多地方吹出一些洞眼，有的黑黑的像历史留下的一只眼睛，怪诞地与你的眼睛相对视，向你的无知发难。至于那一扇扇古老的门，不管什么样式，一概简朴而笨重，推动起来必须双臂用上十足的力气。门环和门把上的兽头快磨成一个个形象含混的铁疙瘩了。人类的行为是一方面将万物从无到有地创造出来，一方面又把万物从有到无地泯灭掉。当然，人类在这方面的帮凶是时间。年深岁久之后，那种上端呈拱形的最古老的大门，上边的铁饰快消迹在门板中了。有些钉帽儿只留下一排排挺大的"锈红"色的圆点。

阳光不会把这种"S"形的街道整条街同时照亮。每当阳光离开我们的两扇窗户，我马上从窗口伸出头向西边看。阳光正在前边，无限妩媚地把那边的古屋照耀得如诗如画。时间的色彩学是调和。时间会把一切本来反差很大的色彩模糊了，谐调了，中和了。但是阳光的色彩学刚好相反。它偏偏要从万物中找出反差和亮色，强调出来。于是它把这些素雅的古屋所有窗前的花儿全都照亮。红色的、白色的、紫色的，还有旺盛而鲜亮的绿色。这样，古街便从它沉湎的历史中苏醒过来，一切变得生气盈盈。

我们要用最快的速度，把将在巴黎为期两个月的生活建设起来。其实，在这个属于法国人文科学基金会的公寓里，一个学者的生活必需都已十分齐备。包括一套带厨室的房间，还有洗衣房、电脑房，以及小型的座谈间。这公寓也是一座很古老的房子，而且典型地按照法国人的方式改造过。那就是，房子临街的立面包括门窗绝对地原封不动，原汁原味呈现其本来面貌。房子内部却进行"现代"意义的改造。这"现代"即在功能设施方面充分体现现代科技带来的恩惠。第一是舒适的卫生间，第二是通畅的通讯，第三是便利的设施，如电梯、供暖、消防通道和安全系统。这座经过"现代化"的公寓，走廊与共享空间全部使用金属钢架与玻璃，极具现代风格。但在某些局部，比如一小块古老的墙、一段当年的木栏杆、一片昔时的天花板却刻意地保留下来，甚至在老墙前还装了一层玻璃加以保护。玻璃上刻了几行字，说明这座房子的历史与年代。这种类似博物馆的做法，可感地表现出这一建筑空间的时间与文化的内涵，同时还显示了历史所处的尊贵的位置。

巴黎人的一只脚站在优越的现代世界，一只脚仍留在优美的历史空间里。前者享用物质，后者享受精神。这才真正是现代人的享受！

这样，我们只用了两个小时，就把生活安排得饱满丰盈。我们在不远的超市与商店，买来喜爱的食品、佐餐和烧菜的调料，还有一些小用品。依照我们的习惯，对这些日常小用品的色彩挑选得十分严格。我们尽量不叫一块颜色的"噪音"进入生活。妻子还在街头花店买了两束花。一束是黄色的球状的野花，另一束花是红边的白月季。这两种花在国内都没有见过。房间内备有筒状的玻璃花瓶。这种花瓶的优点是花儿插在瓶中之后，可以看到它浸在透明的水中碧绿的茎。我们将这两瓶花分别放在茶几与书桌上。新生活便从这花之中开始。我们心里充满了新鲜感和快意。

生活就是创造每一天。

风儿从我们的"S"形的街道中穿过时，画一条无形的曲线，流畅又舒适。风儿舒适时不留下任何声音。所以我们在巴黎睡得又深入又香甜。只是天天天亮前，必有一辆冲洗街道的车大吵大叫地把我们闹醒。冲洗街道是巴黎的传统之一。故此，一些老街在街道的正中央都有一条坡形的石槽，便于流水。但是从来没有人反对这种搅人好梦的水车。倘若谁被这水车惊醒，心里有气，骂这水车野蛮。但清晨出门，在沐浴之后分外洁净的街道上一走，步履轻盈，呼吸清新，心头爽快，不知不觉就会站在"传统"的一边了。

如果哪一天没有活动安排，也不想去博物馆，出门站在苏吉尔街上，我们便面临着两个选择——往西走就会纵入历史街区；往东走便是巴黎闻名于世的那一片名胜的天地。

往东走吧！一出口就来到圣米歇尔广场。这个三角形的广场很小，前边横着塞纳河。河上一座桥，过桥是西岱岛。巴黎古老的历史一半都在这个狭长的河中小岛上。岛上的建筑如巴黎圣母院、正义宫、圣礼拜堂，全都闻名天下，故而天天门前都拥着一群群肤色各异的游客。每一幢建筑的本身，都是一部读不完的历史和讲不完的故事。于是，我们这边的圣米歇尔一带便成了巴黎的交通枢纽。几条地铁干线在地下交叉着，从这儿直通城中各处。日夜不绝的人们从广场周围的几个地铁站口钻进钻出。于是，一个神奇的事情出现了，圣米歇尔广场成了情人们约会的最佳之处。自然，它也成了浪漫的巴黎的情人们接吻次数最多的地方。

在巴黎的街面处处可见一种灰白色的圆点。它不是鸟粪，因为水车的水也冲不去。它是口香糖的痕迹。据说巴黎有一种口香糖是专用于接吻之前吃的。所以，圣米歇尔广场一带的地面到处是这种灰白色的圆点。特别是雨后，柏油的路面颜色变深，圆点更加清晰。这白花花一片称得上巴黎最奇特、最浪漫的城市装饰了。

我们穿过广场时，踏着地面上这些动人的斑点，与拥抱接吻的可爱的年轻人擦肩而过，仅仅走了五十米，就来到塞纳河边。西岱岛上的那些历史建筑我们已经去过多次。所以，我们更喜欢在河这边，隔河去细细品味历史创造的这些精致的画面。妻子则更喜欢走下河岸，在下边一条更低的河边小路上散步。在这下边的小路上，更接近汹涌的河水。塞纳河的水又大又急，河中从无两岸的倒影，却有深刻而强劲的水纹在河中快速地驰过。只有在离河水很近的地方，才会有它从心而过的酣畅的感受。

同时，这低岸的小路，鲜有游人，宁静又悠闲。只有孤独的老人，遛狗的女子，享受着爱情的情侣，还有看书的人；偶有一个人边走边说，自言自语，他是一个精神病患者，还是一位诗人？当然，最常见的是架着画板在写生。他们多半不是画家，写生只是他们的一种生活。

我对妻子说："我们也来写生吗？"

妻子笑了笑，手指着前边说："最好的画家是秋天。"

河边的秋树的落叶已经把这小路一片一片地染成黄色，黄得很鲜很亮。连停泊在河边的游船的篷顶也铺了一层黄叶，像花瓣。

无风的天气里，不断飘下来的落叶落得非常慢。我一伸手，竟然捏住一片叶子，像是捏住一只飞舞中的蝴蝶。

一片娇小又夺目的叶子在手指之间。

我们都笑了。这是唯塞纳河边才有的"风景的奇迹"。

尽管我完全不懂法文，每每经过塞纳河边的旧书摊时，总会被它们"粘"住。我喜欢旧书。旧书和新书的意义不同。新书让你进入未知的世界，旧书却常常叫你自愧于知之有限。你会恍然大悟，原来今天奉为神明的那些话，很早很早以前就有人说过。人类创造过的财富一半遗失在旧书里。而且旧书总带着它往日的风采，引起你的怀念。当油墨的芬芳消失殆尽，变黄的纸会散发出一种凝重的岁月的气味。

我唯一能看懂的，是挂在那些漆成墨绿色书箱上的老画片。它们大多是从破损的老书中割取下来的版画。有的年代很久，甚至有十八世纪的，已经是古董了。就在我翻看这些老画片时，忽然一个画面闯进眼睛：几个洋兵冲入一间宽大的房子，一些便装的洋人和梳辫子的中国人露出惊喜神情。我马上认出这是一种描绘庚子事变的老画报，一看日期，果然是 1900 年。我对于珍罕的史料从来不会放过。马上将有相关内容的画报尽数买了。回来找朋友一看，这是 1900 年前后巴黎出版的一种画报，名为《小画报》。四开纸，彩色印刷，以图为主，伴有各类文章及消息。十天一期，每期两大张，对开十六版。我所买的几期的图画，都是对庚子事件的时事报道。时间由 1900 年 7 月至 11 月。

包括《联军攻打总理衙门》《清兵在黑龙江与俄军开战》《东北义和团砸教堂》《德国公使克林德被杀》等。其中一页《联军攻打中国地图》尤为珍贵。这一收获使我高兴了好几天，也使我一连好几天都跑到塞纳河边流连不已、来回来去地逛旧书摊。

有一种说法：全法国的书80%在巴黎，全巴黎的书80%在拉丁区。这说法有理。由于远自中世纪，这个区就是学生区。最早的学生说拉丁语。拉丁区之名便由来于此。校园的食粮是书，出版社供应这种纸制的精神食粮。于是拉丁区也是巴黎各类书店和出版社最密集的地区。拉丁区地处巴黎的正中，一种浓郁的书香气味便由这里散布全城。我发现，在拉丁区人们看书的方式很像吸烟。坐着也看，站着也看，在车上也看，在电梯上还看，我还见过一个人一边走一边看书。这是因为这本书太吸引他，还是他太爱看书？他会不会一脚踩空掉进"地沟里"？

我的法国朋友大笑。说："巴黎没有这种地沟。"

VCD如今在中国已经相当普及，但在法国始终没有流行开来。这大概由于，不少法国人对书的兴趣依旧高过电视。他们不大看电视连续剧，不喜欢快餐文化。菲利普·德莱姆写的《第一口啤酒》那种描写得细致入微的书，之所以在法国畅销，问世当年就再版23次，其根本上是由法国人读书的习惯决定的。法国人习惯于这种在文字上有滋有味的咀嚼。可是当这本书被翻译到汉语文化博大精深的中国来，为什么受到冷遇？到底我们被来自港台的商业性的快餐文化弄坏了胃口，还是守旧的法国人在现代化的进程中慢了半拍？

妻子说我最顽固不化的是"中国胃"。我按照我的胃口每次在超市选购食品的结果，总是排骨、牛里脊、大白菜、番茄和菜花那几样。

尽管如此，我还是要向法式的"饮食文化"让步。比如，我只有跑到很远很远的十三区的陈氏百货公司一带，才能买到我爱吃的油条和芝麻烧饼。我被迫改用了法式早餐。被迫的结果不一定很糟糕。这一来，我竟迷上了法国的"棍面包"。记得儿时，天津租界小白楼的面包房也烤这种面包。但要想吃纯正又地道的——又脆又软又韧又松又喷香的法式"棍面包"，还得到巴黎来。这也正体现了地域文化所独具的价值。

如果国内有朋友来看我们，想叫我们陪着逛一逛巴黎，那就一准要陪他走这样一条路线——出苏吉尔街西口，拐个小弯儿，又走进另一条"S"形的小街。而实际上这小街是由两个"S"形连在一起的。比我们的苏吉尔街多一个"S"。走在这小街里，觉得自己像条鳟鱼那样摆着身子在水溪里曲线地游动。

巴黎的建筑多用灰白或灰褐色的石料，这使小街显得十分洁净。再加上墙壁老式的风灯，窗子上黑色的护栏，墙里墙外的花树。分外优雅又温馨。巴黎很少有胡同，多是这种小街。小街又长又深又古老。走进这种小街才是真正走进巴黎的生活。

现在，我们走进的这条小街属于一种典型。它的尽头是一道锻铁打造的铁栅栏。栅栏的一半快被簇密的常青藤包上了。栅栏中间的一扇小门却常年开着。它开了九十度，却永远是九十度。它无法关上也无法开得更大。因为合页部分早已锈死。

走进门是一道小院，左右各有一家。左边一家的门在底层，只有一扇，很小，但很结实，厚厚木板上钉满粗大的铁钉。当年设计这样一个紧巴巴的入口，是否为了安全？我几次经过这里，这门一直关得死死的，我怀疑是一座空楼，但一天晚上路过时，发现楼上几扇窗里的灯全都亮着，雪白的纱帘十分美丽，我还看见一个女人的侧影。至于右边一户，由一道石砌的台阶一直通上去，入口的门在二楼。油漆剥落的门板上，挂着一个为了欢迎客人而用红玫瑰编成的花环。这种画面我们在巴尔扎克和左拉的笔下都已经看过了。

院子的侧面是一个城门似的拱形的门洞。门洞上端仍是建筑的一部分。穿过门洞，又是一道院。这道院的四面墙上上下下都爬满了藤蔓。楼上的几扇窗子快被枝蔓遮满。他们为什么不除去这些碍事的藤条？此时入秋，藤叶变黄变红。红的颜色深深浅浅。再美的花色也没有这种秋藤的颜色丰富。我想倘若是我，也一样不舍得把它们剪去。

而此时，透过这些已然萧疏的藤叶，可以看出这道院比前一道院更古老，所有房子一概是石头砌的，宛如古堡。外墙上的雨水管全是铸铅而成，厚如炮筒，虽然管口早已蚀烂，但没有人去把它拆掉。因为巴黎人都知道：历史的生命保留在历史的原件里，历史的美也保留在历史的原件里。

从这道院走出去，另一条横向的街完全是十八世纪以前的风格。小咖啡馆是家庭式的，每张小座上一盏台灯，柔和的灯光局部地照亮半张苍老或年轻的脸；地面的石头方砖已经全部被踩成光溜溜"石蛋"了。一家西班牙艺术品的专卖店里，地面有一块玻璃，里边用灯照着，是一条幽暗的地道。如果你表现出有兴趣，店员会过来告诉你，这地道很深，通着一间牢房，它至少有六百年。

如果你更有兴趣，她会讲给你一个发生在几百年前的可怕的故事。这故事的一半像传说。

当然，这些人都以历史为荣。

巴黎是个只修不改的城市。

它的街道不变，房子不变，门牌不变，如果一幢房子倾圮。便把它的门牌与相邻房子的门牌连起来。如 30—32。我所居住的公寓的门牌就是 16-18 RUE SUGER。它说明这里曾经还有一座古屋，不知在哪个世纪与我这座公寓合并一起了。故而一封一百年前寄往巴黎的信，辗转曲折，最终也会送到目的地。

哪个城市也能这样与历史通邮？

在我所居住的这个街区里，各种店铺应有尽有。由于拉丁区是学生区，店铺内商品的价钱都不高。没有金店，但有各种风格的首饰店，比如，非洲的、阿拉伯的、埃及的、墨西哥的……女学生们常常会光顾这里。至于饭店多为实惠的小吃。土耳其烤肉、比萨饼、中式快餐，应有尽有。但美国的麦当劳却很少见到。法国人排斥美国式浅薄的快餐文化。那种随餐奉送玩物的商业小伎俩只能讨好有送礼习惯的亚洲人。由于旅游者常常会闯进这种巴黎特有的历史街区，仰着头东看西看，举起相机不断拍照，故此一些古董店也在这里设下罗网。店内的东西是纯正的法国货色。我房后有一家古董店，品位很高，全是古老的家具、绘画、室内饰品与宗教艺术。它不以精致华贵取胜，却以一种岁月的沧桑感吸引人。店主是位老人，西服的款式很老，甚至有些破旧，胸前摇晃的一条怀表链已有些发黑；然而他的气质却十分儒雅，人瘦体弱，动作迟缓。一双蓝色的眼睛柔和而空濛。他在店中，与他的古董完全风格一致，融为一体，好像他是从某一幅画走下来的，或者退一步，又回到那个残缺和鎏金的镜框中去。

每每傍晚时分，妻子烧菜煮饭，我就会抽空跑出去，穿过圣日耳曼大道，去一趟王子路上的友丰书店。路不算远，走十分钟，便能在这家驰名巴黎的中文书店中买到当日的中文报纸——《欧洲日报》和《欧洲时报》。这两份报都在巴黎出版。客寓巴黎的华人就靠着这两份报一览天下。

王子路很窄很长，老式的路灯很暗，入夜便很黑。历史上这条街却有许多小型的出版社。书店、旧书店、善本书店以及修理旧书的店铺都很多。这里的咖啡店常常是作家和出版商交谈之处。别看这些咖啡店破旧之极，椅面磨出洞来，但不少大作家成名前都在这种咖啡店里，与出版商在版税上讨价还价，争执不休。如今那些往事与故人都成了这些小店的文化资本。然而在今天的商业文化狂潮和媒体霸权的打击下，人们的文化方式变了，王子街的不少书店和出版社在日甚一日的萎缩中歇业关张，但友丰书店却意外地一枝独秀，在日落之后依旧灯火通明。

　　支持书店的一是书，二是读者。

　　在友丰书店里，可以买到华人世界的一切新书。各地热点，此处皆知。于是这家书店便成了巴黎华人文化的一个信息中心。许多人到此一为买书，一为了解最新讯息，以摸清各地文学与社会文化的走向。高行健获诺贝尔奖的那些天，各种看法与说法便在书店随意表达，尽情褒贬。至于平日里，彼此相识的书客，在此碰面，交谈间常常会对某位大陆或台湾的作家作品评议一番，倘若意见相左，还会争论不已。此地此景，颇似沙龙。这样的书店在整个欧洲唯巴黎才有。在柏林，我见过一家"中国书店"，书架上却只见畅销书，言情武打，侦探冒险，供人消遣而已。此外便是一堆堆电视剧的录影带。这只是一种赚钱糊口的小铺子，没有任何文化的意义。然而巴黎的风景就全然不同了。此地汉学的基础原本就十分雄厚，法国人学中文的人向来不少，近年来国内大批学人来法进修，人多势众，成了气候。嗜书和爱书的人都聚到这里来，小小书店就演变成一个文化的磁场。

　　早在十几年前（1987年），我便结识了这家书店的店主潘立辉先生。那年我去比利时参加"布鲁塞尔国际书展"。他从法国驱车到比利时也来看书展。当时他的书店在草创时期。他是生在柬埔寨的华侨，由于一种神秘的文化血缘，他对中文书籍抱有极强烈的兴趣。此后他还出版了我的两本中法文对照的短篇小说集。从卖书到出书，我看出他对书的痴爱。

十几年过去，友丰书店已经颇具实力。在巴黎有两个铺面，两个很大的书库。每天吞吐量高达半吨。自己编辑出版的书已有二百多种。他出书的目的使我颇感兴趣。他从来不出通俗类，显然他不想出书牟利。比如近一年来他出版的《1912 至 1930 年中国摄影集》《巴黎城市建设史》《陈建中画集》等，销售起来颇要费些力气。这表明，当他认定了一本书有价值之后，出书主要是表达一种支持。现在国内的私家书商都处在"原始积累的初级阶段"，尚无这般境界。

在友丰的架上，我发现了我的几种书。连我新近在人文社出版的亦图亦文的《画外话》，也已出现在友丰书店。友丰货源的畅通，由此也可想而知。于是我想，下次再访法，不用自己再背一二十斤的书来。而且这两个月里，我在友丰还买了不少大陆以外出版的书，满满装了两箱呢！

一天，我们从西海岸诺曼底地区返回巴黎。当晚我觉得有什么事要办。妻子烧饭时，我便去到王子路的友丰书店转转看看，和几位店员聊聊天，然后买了近两天的报纸，还有一些新到的书刊回来。走在路上，我忽然想，在巴黎我已经离不开友丰了。它的意义已经远远地超出了一个书店。

这天，友丰书店的三位店员请我吃饭。这使我很愉快。我感觉我已经和巴黎这家中文书店融为一体了。而且我也很喜欢这三位店员，他们都很有学识：有的一边在书店工作，一边读博士；他们都很懂书，通晓市场；而且一位来自中国大陆，一位来自宝岛台湾，一位是法国人。

他们三人正好把海峡两岸和中法两国四个方面全覆盖了。

我们在王子路一家印尼馆吃饭。依照法国人的习惯，先饮了十一月份第三个星期的葡萄酒。嘴里带着新鲜葡萄又清又甜的醇香大谈拉丁区这里种种文化上的故事。谈到法兰西学院的开放的教育制度，巴黎理工大学的光荣历史，法国人和德国人读书习惯的不同，巴黎汉学界的张三李四，扯来扯去就扯到这一带有一处傅雷先生的"故居"。

傅雷是我年轻时代心中的神。我很想去看他的"故居"。饭后，那位来自台湾的店员余子超先生，便陪我去。这傅雷的故居还是他考证出来的呢。

我们走出了王子路，沿着日耳曼大街向东，左拐右拐，终于站在这座楼房下边。在夜幕中这座临街的楼房四四方方，没有任何特色，也没有装饰。大概当年是一座租金很低的公寓。经余子超指点，三楼外角一个黑黑的窗子便是昔日傅雷先生在巴黎居住的房间。傅雷先生1928年到巴黎，先住在郊区贝底埃镇一户人家学习法语。半年后到巴黎大学上学时，便住进这座楼。这座楼属于青年会，住过不少留法的中国学生。现在它依然是一座外国学生招待所。然而今天无论是法国人还是中国人，没人知道这是中法之间一座精神桥梁的伟大的建造者的居所。余子超说，首先中国人应该在这座楼上挂个牌子来纪念傅雷。于是我记下了这个地址：

3，RUE CLEZ CANMES

（卡尔曼街三号）

可是我又想，这牌子由谁来挂？我对谁说？

每个地方的气质，都会在某一个特定的日子分外突出地散发出来。

有的是在一个纪念日，有的是一个风俗的节日。比如我的家乡天津独有的气息在大年三十表现得尤为强烈。那么，我们客寓于巴黎的拉丁区呢？在周末！

每逢周末我们都会深深感受拉丁区的气息。

一俟周五的晚上，所有餐馆咖啡店几乎都被放了假的学生们所占领。街头的咖啡店几无虚席。巴黎咖啡店的小桌的直径只有六十厘米。这种店只要人满，全是"挤成一团"。但是巴黎人太习惯在狭窄的空间里享受生活，连爱丽舍宫的国宴上每个人的座位规定也只有七十厘米。据说这样一来，人们必须收臂耸肩，腰板随之挺起，显得精神昂然。而吾国的会场都是大椅子，软靠背、容易东倒西歪，乃至呼呼入睡。

周末的拉丁区，到处是年轻人。他们把重负一般的学业扔在脑袋后边，所以人人的神气都很休闲。男男女女有说有笑。于是，艺术家们纷纷来到街头，把人们的兴致和生活的情感全都发挥出来。

只要艺术家高兴，他们就会站在街心连唱带跳。那种人多的小街，自动变成了步行街。很少有车行驶。然而这些演出没有固定的地点和时间，全凭艺术家们的随心所欲。如果你在街上遇上一个高超和绝妙的表演，那完全是一种运气。找也找不着，不找却碰到。拉丁区的生活充满了快乐的机遇。

有一天，我们在一家老面包房买面包，出来碰到一位艺术家。他骑一辆轻便摩托，车上绑着旗子、木枪、鸟网，并插满很大的棕树叶子。他的打扮使人想到当年在越南打仗的法国兵或美国兵。一身老式军装，军用太阳帽，上上下下也挂了不少树叶，似是防空伪装。他手拿一个苍蝇拍，见有人从身边走过，就朝肩膀和后背"啪"地打一下，像是拍打蚊子。后来，见人围观，索性下车，寻到一个路人，便用蝇拍追着打。打得并不用力，只是一种表演或一种玩笑。围观的人谁笑得厉害，他就过去拍打这人。后来，过来一辆汽车，他跑到车前把车拦住，并打手势叫车上的人下来，他要为他们清除身上的蚊子。车上的人只是笑，却不下来，他就一扭身坐在车头上。车上的人也和他开玩笑，开着车缓缓往前走。他便坐在车头挥着蝇拍神气十足表演一番，才跳下车来。车上的人一踩油门，大笑而去。

我与一位法国友人谈起这事，他说可能是讽刺当年法国兵在越南的行动。他说，在现在的年轻人看来，当年法国人在越南做的事，无非是打蚊子罢了。当谈到这种表演形式，他说这是一种现代戏剧吧，又像是一种行动艺术。不过，他说他没见过。拉丁区的艺术千奇百怪。某一个人见过的，可能这人所有认识的人都没见过。

然而不要以为拉丁区文化只是表面上的千变万化。一天夜里，我们从阿蒙区一位朋友的家中聊天回来，天下着很密的雨。在拐向我们的苏吉尔街的丁字路口，那个早已关了门的小杂品店的房檐下，一个人拉着提琴。这乐曲很熟，但一时想不起是谁的曲子了。曲子本来就是伤感的，但他拉得很深切，肯定他把一种内心的东西放进去了。尤其在这带着寒意的秋雨中，琴音裹在雨声里，便分外地动人心扉。我第一次听到这种混合着秋雨的感伤的曲调。在黑乎乎的屋檐下，只能看到他的身影与轮廓。他不是一个街头艺术家，他更不是在表演，他一定也居住在这一带，一定被一种情感折磨得夜不能寐，跑到这细雨街头尽情地抒发出来。

这才是拉丁区最深的、也是最日常的一种生活。

可是当我们看到这一幕时，已经该整理行装打道回国了。

回国数月后，一次与妻子聊天中谈到巴黎，谈起在巴黎的那些日子，我忽问妻子："如果再去巴黎，你最先要到什么地方看看。"

她好像不假思索地说："拉丁区，我们那条小街。"

我笑了，点点头。这也正合我之意。我感觉我们和拉丁区已经丝连一起。但我不知道——到底是拉丁区已经在我的心里生根，还是我们的心在拉丁区里留下了一些依然活着的根须。

2001 年 6 月

看望老柴

对于身边的艺术界的朋友，我从不关心他们的隐私；但对于已故的艺术大师，我最关切的却是他们的私密。我知道那里埋藏着他的艺术之源，是他深刻的灵魂之所在。

从莫斯科到圣彼得堡有两条路。我放弃了从一条路去瞻仰普希金家族的领地米哈伊洛夫斯克村，甚至谢绝了那里为欢迎我而准备好的一些活动，是因为我要经过另一条路去到克林看望老柴。

老柴就是俄罗斯伟大的音乐家柴可夫斯基。中国人亲切地称他为"老柴"。

我读过英国人杰拉德·亚伯拉罕写的《柴可夫斯基传》。他说柴可夫斯基人生中最后一个居所——在克林的房子二战中被德国人炸毁。但我到了俄罗斯却听说那座房子完好如故。我就一定要去。因为柴可夫斯基生命最后的一年半住在这座房子里。在这一年半中，他已经完全失去了资助人梅克夫人的支持，并且在感情上遭到惨重的打击。他到底是怎样生活的？是穷困潦倒、心灰意冷吗？

给人间留下无数绝妙之音的老柴，本人的人生并不幸福。首先他的精神超乎寻常地敏感，心情不定，心理异常，情感上似乎有些病态。他每次出国旅行，哪怕很短的时间，也会深深地陷入思乡之疼，无法自拔。他看到别人自杀，夜间自己会抱头痛哭。他几次患上严重的精神官能症，他惧怕听一切声音，有可怕的幻觉与濒死感。当然，每一次他都是在精神错乱的边缘上又奇迹般地恢复过来。

在常人的眼中，老柴个性孤僻。他喜欢独居，在 37 岁以前一直未婚。他害怕一个"未知的美人"闯进他的生活。他只和两个双胞胎的弟弟莫迪斯特和阿纳托里亲密地来往着。在世俗的人间，他被种种说三道四的闲话攻击着，甚至被形容为同性恋者。为了瓦解这种流言的包围，他几次想结婚，但似乎不知如何开始。

1877 年，他几乎同时碰到两个女人，但都是不可思议的。

第一位是安东尼娜。她比他小九岁。她是他的狂恋者，而且是突然闯进他的生活来的。在老柴决定与她订婚之前，任何人——包括他的两个弟弟都对这位年轻貌美的姑娘一无所知。据老柴自己说，如果他拒绝她就如同杀掉一条生命。到底是他被这个执着的追求者打动了，还是真的担心一旦回绝就会使她绝望致死？于是，他们婚姻的全过程如同一场飓风。订婚一个月后随即结婚。而结婚如同结束。脱掉婚纱的安东尼娜在老柴的眼里完全是陌生的、无法信任的，甚至是一个"妖魔"。她竟然对老柴的音乐一无所知。原来这个女子是一位精神病态的追求者，这比盲目的追求者还要可怕！老柴差一点自杀。他从家中逃走，还大病一场。他们的婚姻以悲剧告终。这个悲剧却成了他一生的阴影。他从此再没有结婚。

第二位是富有的寡妇娜捷日达·冯·梅克夫人。她比他大九岁。

是老柴的一位铁杆崇拜者。梅克夫人写信给老柴说："你越使我着迷，我就越怕同你来往。我更喜欢在远处思念你，在你的音乐中听你谈话，并通过音乐分享你的感情。"老柴回信给她说："你不想同我来往，是因为你怕在我的人格中找不到那种理想化的品质，就此而言，你是对的。"于是他们保持着一种柏拉图式的纯精神的情感。互相不断地通信，信中的情感热切又真诚；梅克夫人慷慨地给老柴一笔又一笔丰厚的资助，并付给他每年6000卢布的年金。这个支持是老柴音乐殿堂一个必要的而实在的支柱。

然而过了14年（1890年9月）之后，梅克夫人突然以自己将要破产为理由中断了老柴的年金。后来，老柴获知梅克夫人根本没有破产，而且还拒绝给老柴回信。此中的原因至今谁也不知。但老柴本人却感受到极大的伤害。他觉得往日珍贵的人间情谊都变得庸俗不堪。好像自己不过靠着一个贵妇人的恩赐活着罢了，而且人家只要不想搭理他，就会断然中止。他从哪里收回这失去的尊严？

正是在这样的背景下，老柴搬进了克林镇的这座房子。我对一百多年前老柴真正的状态一无所知，只能从这座故居求得回答。

进入柴可夫斯基故居纪念馆临街的办公小楼，便被工作人员引着出了后门，穿过一条布满树荫的小径，是一座带花园的两层木楼。楼梯很平缓也很宽大。老柴的工作室和卧室都在楼上。一走进去，就被一种静谧的、优雅、舒适的气氛所笼罩。老柴已经走了一百多年，室内的一切几乎没有人动过。只是在1941年11月德国人来到之前，前苏联政府把老柴的遗物全部运走，保存起来，战后又按原先的样子摆好。完璧归赵，一样不缺——

工作室的中央摆着一架德国人在圣彼得堡制造的黑色的"白伊克尔"牌钢琴。一边是书桌，桌上的文房器具并不规正，好像等待老柴回来自己再收拾一番。高顶的礼帽、白皮手套、出国时提在手中的旅行箱、外衣等，有的挂在衣架上，有的搭在椅背上，有的摆在墙角，都很生活化。老柴喜欢抽烟斗，他的一位善于雕刻的男佣给他刻了很多烟斗，摆在房子的各个地方，随时都可以拿起来抽。书柜里有许多格林卡的作品和莫扎特整整一套72册的全集，这两位前辈音乐家是他的偶像。书柜里的叔本华、斯宾诺莎的著作都是他经常读的。精神过敏的老柴在思维上却有着严谨与认真的一面。他在读列夫·托尔斯泰、屠格涅夫和契诃夫等作家的作品时，几乎每一页都有批注。

老柴身高1.72米，所以他的床很小。他那双摆在床前的睡鞋很像中国的出品，绿色的绸面上绣着一双彩色小鸟。他每天清晨在楼上的小餐室里吃早点，看报纸；午餐在楼下；晚餐还在楼上，但只吃些小点心。小餐室位于工作室的东边。只有三平方米见方，三面有窗，外边的树影斑斑驳驳投照在屋中。现在，餐桌上摆着一台录音机，轻轻地播放着一首钢琴曲。这首曲子正是1893年他在这座房里写的。这叫我们生动地感受到老柴的灵魂依然在这个空间里。所以我在这博物馆留言簿写道：

> 在这里我感觉到柴可夫斯基的呼吸，还听到他音乐之外的一切响动。真是奇妙之极！

在略带伤感的音乐中，我看着他挂满四壁的照片。这些照片是老柴亲手挂在这里的。这之中，有演出他各种作品的音乐会，有他的老师鲁宾斯基，以及他一生最亲密的伙伴——家人、父母、姐妹和弟弟，还有他最宠爱的外甥瓦洛佳。这些照片构成了他最珍爱的生活。他多么向往人生的美好与温馨！然而，如果我们去想一想此时的老柴，他破碎的人生，情感的挫折，生活的困窘，我们绝不会相信居住在这里的老柴的灵魂是安宁的！去听吧，老柴最后一部交响曲——第六交响曲正是在这里写成的。它的标题叫《悲怆》！那些又甜又苦的旋律，带着泪水的微笑，无边的绝境和无声的轰鸣！它才是真正的此时此地的老柴！

老柴的房子矮，窗子也矮，夕照在贴近地平线之时，把它最后的余晖射进窗来。屋内的事物一些变成黑影，一些金红夺目。我已经看不清它们到底是些什么了，只觉得在音乐的流动里，这些黑块与亮块来回转换。它们给我以感染与启发。忽然，我想到一句话：

"艺术家就像上帝那样，把个人的苦难变成世界的光明。"

我真想把这句话写在老柴的碑前。

2002 年 7 月

维也纳春天的三个画面

　　你一听到青春少女这几个字，是不是立刻想到纯洁、美丽、天真和朝气？如果是这样你就错了！你对青春的印象只是一种未做深入体验的大略的概念而已。青春，它是包含着不同阶段的异常丰富的生命过程。一个女孩子的十四岁、十六岁、十八岁——无论她外在的给人的感觉，还是内在的自我感觉，都绝不相同。就像春天，它的三月、四月和五月是完全不同的三个画面。你能从自己对春天的记忆里找出三个画面吗？

　　我有这三个画面。它不是来自我的故乡故土，而是在遥远的维也纳三次旅行中的画面定格，它们可绝非一般！在这个用音乐来召唤和描述春天的城市里，春天来得特别充分、特别细致、特别蓬勃，甚至特别震撼。我先说五月，再说三月，最后说四月，它们各有一次叫我的心灵感到过震动，并留下一个永远具有震撼力的画面。

　　五月的维也纳，到处花团锦簇，春意正浓。我到城市远郊的山顶上游玩，当晚被山上热情的朋友留下，住在一间简朴的乡村木屋里，窗子也是厚厚的木板。睡觉前我故意不关严窗子，好闻到外边森林的气味，这样一整夜就像睡在大森林里。转天醒来时，屋内竟大亮，谁打开的窗子？正诧异着，忽见窗前一束艳红艳红的玫瑰。谁放在那里的？走过去一看，呀，我怔住了，原来夜间窗外新生的一枝缀满花朵的红玫瑰，趁我熟睡时，一点点将窗子顶开，伸进屋来！它沾满露水，喷溢浓香，光彩照人；它怕吵醒我，竟然悄无声息地又如此辉煌地进来了！你说，世界上还有哪一个春天的画面更能如此震动人心？

那么，三月的维也纳呢？

这季节的维也纳一片空濛。阳光还没有除净残雪，绿色显得分外吝啬。我在多瑙河边散步，从河口那边吹来的凉滋滋的风，偶尔会感到一点春的气息。此时的季节，就凭着这些许的春的泄露，给人以无限期望。我无意中扭头一瞥，看见了一个无论多么富于想象力的人也难以想象得出的画面——

几个姑娘站在岸边，她们正在一齐向着河口那边伸长脖颈，眯缝着眼，噘着芬芳的小嘴，亲吻着从河面上吹来的捎来春天的风！她们做得那么投入、倾心、陶醉、神圣，风把她们的头发、围巾和长长衣裙吹向斜后方，波浪似的飘动着。远看就像一件伟大的雕塑。这简直就是那些为人们带来春天的仙女们啊！谁能想到用心灵的吻去迎接春天？你说，还有哪个春天的画面，比这更迷人、更诗意、更浪漫、更震撼？

我心中的画廊里，已经挂着维也纳三月和五月两幅春天的图画。这次恰好在四月里再次访维也纳，我暗下决心，无论如何也要找到属于四月这季节的同样强烈动人的春天杰作。

开头几天，四月的维也纳真令我失望。此时的春天似乎只是绿色连着绿色。大片大片的草地上，没有五月那无所不在的明媚的小花。没有花的绿地是寂寞的。我对驾着车一同外出的留学生小吕说：

"四月的维也纳可真乏味！绿色到处泛滥，见不到花儿，下次再来非躲开四月不可！"

小吕听了，就把车子停住，叫我下车，把我领到路边一片非常开阔的草地上，然后让我蹲下来扒开草好好看看。我用手拨开草一看，大吃一惊：原来青草下边藏了满满一层花儿，白的、黄的、紫的，纯洁、娇小、鲜亮，这么多、这么密、这么辽阔！它们比青草只矮几厘米，躲在草下边，好像只要一努劲，就会齐刷刷地全冒出来……

"得要多少天才能冒出来？"我问。

"也许过几天，也许就在明天。"小吕笑道，"四月的维也纳可说不准，一天换一个样儿。"

可是，当夜冷风冷雨，接连几天时下时停，太阳一直没露面儿。我很快就要离开这里去意大利了，便对小吕说：

"这次看不到草地上那些花儿了，真有点遗憾呢，我想它们刚冒出来时肯定很壮观。"

小吕驾着车没说话，大概也有些怏怏然吧。外边毛毛雨点把车窗遮得像拉了一道纱帘。可车子开出去十几分钟，小吕忽对我说："你看窗外——"隔过雨窗，看不清外边，但窗外的颜色明显地变了：白色、黄色、紫色，在窗上流动。小吕停了车，手伸过来，一推我这边的车门，未等我弄明白是怎么回事，便说：

"去看吧——你的花！"

迎着细密地、凉凉地吹在我脸上的雨点，我看到的竟是一片花的原野。这正是前几天那片千千万万朵花儿藏身的草地，此刻一下子全冒出来，顿时改天换地，整个世界铺满全新的色彩。虽然远处大片大片的花已经与蒙蒙细雨融在一起，低头却能清晰看到每一朵小花，在冷雨中都像英雄那样傲然挺立，明亮夺目，神气十足。我惊奇地想：它们为什么不是在温暖的阳光下冒出来，偏偏在冷风冷雨中拔地而起？

小小的花居然有此气魄！四月的维也纳忽然叫我明白了生命的意味是什么？是——勇气！

这两个普通又非凡的字眼，又一次叫我怦然感到心头一震。这一震，便使眼前的景象定格，成为四月春天独有的壮丽的图画，并终于被我找到了。

拥有了这三幅画面，我自信拥有了春天，也懂得了春天。

1995 年 6 月　天津